Kadokawa Fantastic Nove
Presented by
沢野いずみ
illustrator
夢咲ミル
我想蹺掉
太子妃培訓
1

我想蹺掉太子妃培訓

我的未婚夫身邊站著一位美麗的千金小姐。

咦？不是應該當我的護花使者嗎？才這樣想，我的未婚夫，同時也是這個國家大王子的克拉克大人就這樣挽著千金小姐走到我面前來。

「蕾蒂希亞，這是布莉安娜小姐。」

千金小姐一靠近我，立刻毫不掩飾地緊貼克拉克大人。因為那個態度太過明顯，讓我一瞬間煩惱起該怎麼反應才好，不過克拉克大人打斷我的思緒開口說：

「我今天沒有辦法陪妳。」

多虧旁人們悄然無聲地窺探著我和克拉克大人的狀況，這句話在寧靜的大廳中顯得特別響亮。

「您的意思是，您今天要陪伴這位小姐嗎？」

「抱歉……」

「所、所以說我們的婚約……」

「……就是這麼一回事。」

就是這麼一回事。

這段話在我腦海中不停重播。

就是這麼一回事就是這麼一回事就是這麼一回事就是這麼一回事。

所以說，就是這麼一回事！

我用力握拳。

「太棒了——！」

「什麼？」

我高舉雙手又叫又跳的樣子肯定全然沒有公爵千金該有的樣子，但我才不管，我已經不需要保持閨秀形象了。

我就這樣直接跑到站在克拉克大人身後，一臉失望表情的哥哥身邊。

「哥哥，您聽見了嗎？聽見了嗎？當然一字不漏地全都聽見了對吧！」

「是，我聽見了。」

「啊啊，太棒了、太棒了！」

我雙手在胸前交握，仰頭望天。啊啊，感謝諸神。雖然我先前都覺得到教會禱告只有麻煩可言，但是我接下來會虔誠禱告！

「我辛苦了十年。自從七歲被選為下一任國王的未婚妻，日日夜夜念書念書念書念書念書跳舞跳舞跳舞跳舞跳舞！還有不知為何非得頻繁參加的茶會！沒有！任何一件事！開心！」

「蕾、蕾蒂希亞……？」

「我的所作所為全部都會遭到否定。假如不小心笑出聲，就會責備我沒氣質，但是我笑出聲造成誰的困擾了嗎？沒造成任何人困擾吧！只是有點急地小跑步而已，就會罵我不端莊，根本只是想要找我麻煩而已吧！」

「蕾蒂……？」

「既然木已成舟，我也只能放棄掙扎，但我已經可以不用繼續下去了吧！啊啊，棒透了，全都多虧有妳！……妳叫什麼來著？呃，布……布……布可愛？」

「是布莉安娜！」

千金小姐氣得滿臉通紅，豐滿的胸部也隨之用力晃動。我完全不覺得羨慕，一點也不。可是我也明白這樣似乎惹怒她了，立刻擺起溫順的表情向她道歉：

「對不起，因為妳一直在裝可愛嘛。」

「妳在嘲諷我嗎！」

「雖然我在嘲諷妳，但也非常感謝妳！謝謝妳願意接收這個呆帳！」

「呆……呆帳……」

「一天要關在王城裡念書、跳舞十小時，還得在茶會上忍受那些貴族的閒言閒語，妳竟然願意代替我承受這些痛苦！加油！我會支持妳！」

「咦……」

雖然布可愛變了一張臉，別擔心、別擔心，只要有愛就能克服萬難，前陣子來到這城市的吟遊詩人就這樣說嘛。因為我連一丁點愛都沒有，所以辦不到啊。

「想方設法讓我當上王子未婚妻的哥哥，實在太遺憾了呢！只能請您從其他管道建立和王室之間的關係了！」

「我知道啦。」

「哥哥，您答應我只要克拉克大人有好對象就願意放我自由，您會遵守約定吧？」

「我知道啦。」

哥哥露出已然放棄的表情。

「呵呵，我終於自由了。我今後不要當千金小姐了！我要去鄉下釣魚釣魚爬樹，和村莊裡的小孩玩耍、耕田，然後開懷大笑地過日子——！」

「蕾蒂。」

「啊，克拉克大人，感謝您一直以來的照顧。再見，我會搬去您這樣身分高貴的人幾乎不前往的邊境，還請別在意我。請您盡情地曬恩愛，生下許多後代讓這個國家更加繁榮。真的無須在意我，我現在非常幸福。雖然我想著早知如此就早點取消婚約啊，把我努力忍耐的那些日子還來啊，還請您別太在意！」

我用力朝面帶微笑的克拉克大人揮手。啊啊，終於不需要用千金小姐含蓄揮手的方法揮手了。啊啊，我好幸福！

他都被我講得一文不值了還能對著我笑，雖然我對這樣的他感到有些不可思議，但沒空在意這種小事情了。

我拋下呆站在原地的人們朝出口走去。啊啊，得快點準備才行。因為接下來就是我的幸福時光。蕾蒂希亞，妳很努力呢！

我邊誇讚自己邊想像將來的生活，同時坐上馬車。

◇◇◇

「幸福這東西總是來得這麼突然呢，莉莉。」

「小姐，您撞到頭了嗎？」

我一坐上馬車對等在車裡的侍女如此說，她便以狐疑的表情回問我。雖然她說話相當失禮，但是算了，我的心情很久沒有如此愉悅了。

「我和哥哥的約定終於得以實現了！」

當我滿臉笑容地說完，難得看見莉莉露出驚訝的表情。

「是真的嗎？」

「是真的。」

「您說的約定，是跟自由有關的那個？」

「沒錯！就是自由！」

「小姐，您撞到頭了嗎？」

「為什麼會回到這一句！」

第一次我當沒聽見，第二次可就不能這樣了。

我沒撞到頭。如果勉強要找出身體有哪裡不適，那就是我早早離開，所以現在肚子很餓而已。

「因為我難以置信。」

「呵呵，我想也是。」

連我都幾乎沒想過事情會如此發展，就跟作夢一樣。這或許真的是一場夢。我如此心想，於是擰了臉頰一把。好痛。這果然是現實。

不是夢！我和亞斯達爾王國大王子，同時也是王太子的克拉克大人之間的婚約取消了！

我無法壓抑不停湧上的笑意，也不打算壓抑。莉莉一臉看到恐怖東西的表情看著我。她果然很失禮，但是沒有關係。

痛苦了十年，我終於得到回報了。

十年前——我剛滿七歲時，突然被傳喚進王城，宣告我成為王子未婚妻之後過了十年。

真是地獄般的十年。因為我根本沒打算去地獄，今後也沒機會和真正的地獄相比，但那就是地獄準沒錯。

馬夫說：「到家了。」這道聲音把我的腦袋從思緒大海中拉回現實，接著我走下馬車。

從晚宴直接回到我道曼公爵家位於王都裡的公館。很悲傷的是，這裡是我從七歲起就不得不住的現居地。

說起為什麼我從七歲起就不得不住在這邊，全都是因為我成了大王子的未婚妻。我無法跟先前一樣留在領地請家教指導，還有進王城接受專屬教師指導的義務，使得我不得不移居王都。

七歲之前的我無比自由。

父親身為道曼公爵家的家主，把第一個出生的女兒寵上天，無論我做什麼都會答應。由於父親不打算這麼早就替我決定結婚對象，我也沒特別和其他貴族見面。聽說父親原本打算等我十歲，來到一般貴族子女開始受教育的年紀時，再讓我開始貴族千金該有的正式教育。

沒想到七歲就訂下婚約。

父親痛哭流涕，母親笑容滿面，哥哥喜上眉梢，而我不記得自己怎麼樣了。

總之，我的日常生活從那天起出現翻天覆地的改變。

讓我不厭其煩地重申，當時的我是個尚未受教育，被寵壞的千金小姐。

突然開始接受太子妃培訓、嚴厲的老師、每日任人宰割且被填滿的行程，以及離開父母身邊住在大宅院裡。

我哭了。真的痛哭失聲。

只要老師不滿意我的行動，立刻飛來怒吼聲，年幼的我響亮的哭聲接著響起。理所當然也不會為我安排玩耍的時間，我無法轉換心情，逐漸變得跟機器一樣完成每樣課程。只是像這樣回想起來，都覺得那跟地獄沒兩樣。

我在這種狀況中也能努力忍耐，都是因為和哥哥約好了。

剛訂下婚約不久，我完全無法承受嚴苛的太子妃培訓，於是拜託哥哥能夠跟我約定一件事情。順帶一提，哥哥在我搬到王都居住之後立刻跟著過來，不知為何開始和我一起住在王都。真要選的話，我比較希望父親來跟我住。

『如果克拉克大人有了妳以外喜歡的人，妳就可以自由了。』

哥哥大概也覺得每天一臉快死掉，努力忍受的我很可憐吧。在我持續一年每天懇求著拜託他答應後，他心不甘情不願地點頭了。

在那之後我只以這點為目標努力。

期待王子將來有天會看上我以外的人，內心狠毒痛罵對我指指點點的傢伙，好不容易撐到今天。

接著終於！就在今天！我連作夢都會夢到的瞬間降臨了！

布可愛謝謝妳。老實說我對她的第一印象是「非常」煩人的女人，現在只覺得「有點」煩。雖然我很討厭愛裝可愛的女人，但是我或許可以和她當好朋友。不對，可能無法，因為還是覺得她很煩。

「蕾蒂希亞小姐？」

在這個只能強制居住的宅院。我因為終於可以離開這裡的感動而渾身顫抖，眺望著豪華絢爛的宅院門扉。

可是，我似乎感慨太深，超乎自己想像地盯著門扉太久，侍女莉莉開口呼喚站在門扉前一動也不動的我。

代替無法留在王都的雙親陪我一起住在這個大宅院裡的，是從小便服侍我的莉莉。當然還有其他傭人，不過莉莉從我懂事起就一直陪在我身邊，光是有她陪伴，就不知帶給我多大的救贖。

然而，在救贖我的同時，莉莉也讓我看見了地獄。因為莉莉對我的教育毫不妥協。我在家裡也有個名叫莉莉的老師跟著我，還是讓我哭了。

我看著莉莉的臉微笑。

莉莉，別擔心，我不恨妳。因為我知道這是哥哥的命令！

不清楚我笑中含意的莉莉疑惑地看著我。

我也不認為有必要說明，所以直接打開門步入屋內。

「小姐，歡迎您回來。」

幾位傭人出來迎接我，我則回應他們：

「我回來了。」

緊接著繼續說：

「我要搬家了！」

傭人們嚇得僵在原地。等了一會兒也不見他們動起來，一直這樣沉默不語也讓我傷腦筋，所以我再次說：

「我要搬家了！」

重複說完同一句話後，傭人才終於開口：

「您、您要搬家嗎？」

「沒錯！我已經不是克拉克大人的未婚妻了！」

因為我太開心了，便用響徹玄關大廳的音量大聲宣布，傭人們明顯驚慌失措起來。

「怎麼可能……怎麼可能會有這種事……」

「是不是哪裡搞錯了？」

「我認為應該不可能……」

每個人都一臉困惑地對我說，不知為何大家都持否定態度。

「我沒有說謊。今天克拉克大人帶著一位胸部大到都要跳出來的千金小姐來，說那個人是他的新對象。」

我邊說邊動手比劃她的胸部有多大，然後便遭到莉莉斥責。有什麼關係，因為我沒有那樣的巨乳嘛！

「我贏不過那個胸部啊。」

「小姐，胸部無法決定勝負。」

莉莉語帶責備地說。莉莉，我又沒有受傷！雖然還是覺得有點羨慕啦！

「總而言之，我似乎不是克拉克大人喜歡的類型，剛剛也得到哥哥的許可了，別擔心！我們快點做準備吧！」

儘管傭人們一臉不知如何是好，仍舊聽從我的命令。

「請問要搬到哪裡去呢？」

「搬到亞貝盧達的宅院去。」

說這句話的人不是我。

「哎呀，哥哥，您回來得真早呢。」

「因為我也得做準備。」

哥哥這麼說完，便迅速回到自己的房間。這可是和妹妹共度的最後一晚耶，真是冷漠的男人。

「亞貝盧達村啊……」

因為我沒料到今天會取消婚約，根本沒決定自由之後要去哪裡。

亞貝盧達村是由我道曼公爵家治理，擁有豐饒大自然的農村。那裡還有河川，小時候迷上釣魚的我去過好幾次。嗯，擁有移居的完美條件。真不愧是哥哥，很了解妹妹的喜好。

「我要去亞貝盧達村！明天一早就出發，大家快準備！」

我對傭人說完，大家就慌慌張張地各自散去。

我悄悄靠近身邊的莉莉，做出自己最大限度的撒嬌動作。

「吶，莉莉……」

「時間這麼晚了，我不會讓您吃零食。」

「才不是！」

我強烈否定莉莉搞錯方向的回答。雖然並非不想吃零食，我現在不是要說這個！

「亞貝盧達很鄉下，我也只會帶幾個傭人過去，生活應該會過得比現在更加簡樸。莉莉，妳願意陪我一起來嗎？」

聽見我的懇求，莉莉眨了眨眼。

「這是當然，我會與小姐一同前往。」

「莉莉！」

開心不已的我用力擁抱莉莉。

「請和我一輩子在一起！」

「這樣太沉重了。」

我被甩了……

◇◇◇

啊～好幸福……

我開心得稍微哭了出來。我品味這份幸福，在庭院的草皮上翻滾。沒錯，我正在翻滾。

我開心地不停滾來滾去。啊～好開心！

就算滾來滾去也不會被罵，可以在草地上翻滾！自從和王子訂婚之後就不能做這種事情了！真是棒透了！

滾著滾著，我肚子有點餓了。

我坐起身，毫不在意身上沾滿草屑，對著在家裡的侍女說：

「莉莉，我去釣魚！」

「請注意安全。」

在我和克拉克大人還有婚約時，莉莉動不動就囉哩囉嗦的，不過搬到這座村莊之後，她就不再多嘴。因為現在的我已經不需要當個端莊有禮的千金小姐了。

多虧和哥哥的約定。

我小跳步地前進，比我預期還要快抵達河邊。我迅速開始準備魚餌。

釣到之後，就來做鹽烤魚吧。

可以盡情享受最喜歡的釣魚樂讓我滿臉笑容。

呵呵呵，自從來到這裡之後笑容就沒停過。雖然才只過了兩天啦。

亞貝盧達村是個鄉下農村，距離王都約一天馬車車程的距離。這裡不像王都，既沒有穿著宮廷服盛裝打扮的淑女，也沒有穿著挺拔燕尾服的紳士，只有身穿容易活動輕裝的村民。

所以我也穿著樸素的連身裙，好活動的程度完全不同。

這裡也沒有流行的服飾店、陳列少女喜愛的愛情小說的書店，以及擦鞋店。因為少有馬車，也沒鋪設石板路，只是打實的泥土地。另外也沒有咖啡廳。只有小小的雜貨店和食品店、牛羊豬雞，以及農田農田農田農田。也就是幾乎只有大自然，但是好就好在這裡。

我原本就不是當王妃的料，從以前就喜歡到處跑，嘴巴不饒人，喜歡爬樹，比起時尚更喜歡大自然，嘴巴不饒人，嘴巴不饒人。

所以現在身處大自然中帶給我至高無上的幸福感。

可以做出從七歲起就被禁止的事情真是太棒了……就在我如此想時，一條魚上鉤了。是條鱒魚。最適合鹽烤了。我用帶來的工具去除內臟串好並撒上鹽巴，蒐集枯木用打火石生火後就完美了。啊啊，看我這個可以在野外生存下去的身手，連我自己都著迷了。

「妳看起來很開心呢。」

突如其來的聲音使我抬起頭。

「克拉克大人？」

不知何時，前未婚夫就站在我身邊。

奇怪，王族為什麼會出現在這種鄉下地方？難不成取消婚約還有手續要辦嗎？有什麼程序搞錯了嗎？可是我完全不插手那件事，所有事情都拜託哥哥了，可以請您去問他嗎？別在我享受幸福鄉下生活時來打擾我！

克拉克大人來訪的瞬間，我以為他有緊急要事，但我只見幾名隨侍待在遠處，感覺不像重要的訪問。雖然不清楚他為何而來，如果真的有重要的事情，應該會帶著大批人馬才對。

我立刻判斷：「看起來沒什麼重要的事情，所以算了。」伸手拿起烤鱒魚。我們已經取消婚約了，這個人的行動跟我毫無關係。

「請問有什麼事嗎？」

我姑且還是有禮地問了一句，吃著才剛烤好的鱒魚。好好吃，烤得恰到好處呢。真不愧是我。

「這是妳的午餐嗎？」

「對。很好吃喔。」

「妳自己釣的嗎？」

「是的，我對釣魚、爬樹和腳程非常有自信。」

就算邊吃東西邊說話也不會被罵，所以我口中含著食物說話。因為我轉眼間就把整條魚吃光，我又弄了魚餌繼續釣魚。呵呵呵呵，接下來會釣到什麼呢～？

在我哼歌時，我感覺到身旁有人的氣息。克拉克大人在我身邊坐了下來。

我沉迷於釣魚，一瞬間忘了這個人的存在。

我不解克拉克大人為什麼要坐在我旁邊，於是開口問：

「那麼，請問您有什麼事嗎？」

「並沒有喔？」

「咦？」

這個人沒事卻跑來這裡嗎……

我不明就裡地微微歪頭，但視線仍看著釣線。因為分心可能會讓重要的獵物逃跑嘛。

「妳現在生氣勃勃的呢。」

「是的，因為我自由了。」

沒有什麼比自由更棒。我來到這座村莊之後再次有深刻的感受，感慨甚深地說。

「妳果然一點也沒變。」

「什麼？」

我發出疑問，視線從釣線上移開，同時看著克拉克大人。

「妳知道我為什麼和妳訂婚嗎？」

「我一點興趣也沒有，所以不知道。」

克拉克大人聽到這句話之後表情稍微一沉。我先前沒有絲毫興趣，所以完全沒發現，這個人還挺英俊貌美的耶。

柔順的金髮隨風飄逸，高挺的鼻梁。完美無瑕的肌膚令人不禁懷疑他真的是男性嗎？一點斑點也沒有，甚至令人感到神聖的藍眼倒映著我的身影。嗯，長得很好看。如果我不小心結婚有了孫子，就跟孫子炫耀我曾經是這個人的未婚妻。

我似乎不自覺看入迷了，魚咬上魚餌的感覺將我拉回現實。我慌慌張張地拉竿，但只有魚餌被吃掉了。雖然遺憾，這種失敗也是釣魚的樂趣。我再次掛上魚餌拋竿入河，克拉克大人在旁看著這一幕開口說：

「從樹上掉下來了。」

我一瞬間忘記我們在說什麼，稍微回想後想到現在談到為什麼要跟我訂婚的事。可是，我不懂這件事和剛剛那句話有什麼關聯。

掉下來了？什麼東西？

我就像催促他繼續說下去一般盯著他，接著克拉克大人邊笑邊說：

「十年前，妳和道曼公爵一起到王城來，跑到王城中庭爬樹了對吧？當時妳就掉在恰巧經過那邊的我身上。」

我以前曾經跟著父親一起到王城工作。我很喜歡王城中庭的樹，父親在工作時，我常常會在那邊爬樹玩耍。

順帶一提，因為常常不小心在樹上睡著，對我來說從樹上掉下來是家常便飯，我不清楚他說的是哪一次。我曾經掉在別人身上嗎？

「妳就坐在嚇了一跳的我身上大笑。」

又釣到香魚了。我邊聽他說話邊手腳俐落地處理。

「妳好可愛。」

串起來。

「我對妳一見鍾情，所以才向妳提出婚約請求。」

「原來全是因為您嗎！」

「聽到這邊不是應該要開心才對嗎？」

「一點也不開心！因為這樣害我過了十年的痛苦生活！」

我怒吼後才突然驚覺，這個人再怎麼說也是王子。他不是我可以說話口無遮攔的人，更別說怒吼了，簡直不像話。

我戒慎恐懼地偷看克拉克大人，只見他開心地露出滿臉笑容。咦？他為什麼這麼開心？

克拉克大人朝對他怒吼的女人露出滿臉笑意。我雖然對此感到怪異，還是想著：「既然沒被罵，那就算了。」拿起打火石生火烤魚。

「不過妳也沒明白對我說妳不想和我訂婚，還定期送女人來我身邊對吧？」

「您發現啦！」

我為了取消婚約設計了好幾次美人計，送去巨乳、貧乳、美臀和苗條等各式各樣的美人，但是他不上鉤，害我以為他喜歡熟女或小蘿莉，以至於我連這種類型都送過去，最近還試著送了男人過去。不過他一次都沒上鉤，未免太挑剔了吧！

「啊，順帶一提，我和妳的婚約還沒有取消。」

「什麼？」

克拉克大人站起身，拍拍沾在褲子上的砂石。

不對，比起這個，我剛剛聽到一句很恐怖的話。

「我近期會來接妳，在那之前妳可以過一段悠閒的生活。」

「什、什麼！」

克拉克大人宣告完這句恐怖的話，瀟灑地離去了。

◇◇◇

雖然不甚明瞭，情況變得很不妙！

就算是我也明白這點。儘管不清楚為什麼會變成這樣，我起碼察覺到事情會變成棘手的狀況。

所以，我立刻回家懇求長年陪在我身邊的侍女。

「莉莉，和我私奔吧！」

「小姐，很遺憾我是女的。」

「在愛情面前不分性別！」

「小姐，很遺憾我和小姐之間沒有愛情。」

「妳好冷淡……！」

莉莉的冷淡拒絕讓我大受打擊。我又偷偷瞥了莉莉一眼，她根本絲毫不在意。好冷淡。

太冷淡了啦，莉莉！

「那妳幫我想想辦法啦——！」

「話說回來要想什麼辦法？」

對耶，我回到家便立刻向莉莉求婚，還沒說明到底發生了什麼事。

「不知道為什麼，我的婚約好像還沒取消。」

「所以我不是說過了嗎？」

「可是那時在晚宴上，他真的挽著一位沒見過、巨乳又愛裝可愛的千金小姐入場啊！」

「雖然不清楚對方是不是巨乳……或許有什麼內情？」

「什麼內情是什麼？」

「我不清楚。」

「真沒用……」

我如此小聲地說完，便遭到莉莉怒瞪。

「開、開玩笑的啦，莉莉！上哪裡都找不到妳這樣能力高超的侍女！」

「真是這樣就好了。」

我慌慌張張地粉飾太平，莉莉儘管不滿，還是不情願地接受了。

當我鬆了一口氣後，接著傳來敲門聲。

「請進。」

我這麼說完，這棟小宅院唯一的一位老管家悄然無聲地走進房內。

「小姐，有您的訪客。」

「咦？是誰啊？」

我來到這座村莊一事，應該連村民都還不知道。我隱瞞所有人我的行蹤來到這裡，所以毫無頭緒。不對，既然克拉克大人都知道了，這個行動也沒太大意義了吧？

「是納提爾少爺。」

「哥哥？」

兩天前才剛分別，到底有什麼事情呢？縱使覺得不可思議，不過我也有事情要問哥哥。

「我立刻過去！」

◇◇◇

我見到哥哥了。

「妳過得好嗎？」

「哥哥！婚約沒取消是怎麼回事！」

雖說是棟小宅院，怎麼說都是貴族的房子。哥哥坐在絕對不會少的會客室中優雅地喝茶，我上前逼問。

「聽說克拉克殿下不打算取消婚約。」

從哥哥口中聽到的這句話，就跟克拉克大人剛剛在河邊說的一樣。

「什麼！可是他當時說了婚約不算……」

「蕾蒂希亞，妳仔細回想，當時殿下明確說出婚約取消了嗎？」

經哥哥一說，我回憶當時的事情。

克拉克殿下帶著布可愛來，說今天沒辦法陪我，當我問：「那也就表示婚約……？」之後他回我：「就是這麼一回事。」——的確……這樣……說了……？

「他沒說要取消婚約……」

「就是這麼一回事。」

「不對，是怎麼回事啦！」

「這表示殿下打從一開始就沒打算取消婚約。」

「什麼——！」

那他為什麼會說要帶布可愛參加晚宴？

「他似乎希望妳能吃醋。」

「吃、吃醋？」

「希望看到妳嫉妒。」

「不對，我並不是不知道吃醋是什麼意思。」

我對故意換個說法的哥哥說完，他便露出不懷好意的笑容。

「殿下似乎很喜歡妳。」

「他剛剛這樣說過……」

「因為妳完全不看他一眼，所以他才想試探妳。」

「就算我被試探，也完全沒看他一眼耶。」

因為一點興趣也沒有。

「似乎是這樣呢。不過他很開心地說，妳第一次好好地看他的臉了。」

是指剛剛在河邊的事嗎？我確實至今正眼都沒看過他的臉一眼。因為我根本不想結婚。

「嗯？為什麼哥哥會知道才剛在河邊發生的事情啊？」

「因為帶克拉克殿下來這裡的人是我啊。」

「什麼！」

所以才會來得這麼快嗎！

我心想：「真是多管閒事。」瞪了哥哥一眼，但他根本不在意。

「他說他已經創造出讓妳了解他的機會了，等妳婚後再喜歡上他也沒關係。只不過他似乎對妳迅速竄進我們家領地的行動力產生危機感，所以現在正在準備。」

「準備什麼？」

「結婚典禮。」

「不要啊啊啊啊啊！」

我抱著頭發出絕望的吶喊。真是最糟糕的發展，我還以為我逃得開耶！

再這樣下去，我又得回到不能釣魚、不能隨便躺在草皮上、不能四處奔跑的生活了！

「哥哥，您想想辦法啊！」

「辦不到。」

「拜託想想辦法！」

「辦不到。」

「不要啊啊啊啊啊啊！」

哥哥愉悅地看著放聲尖叫的我。這對哥哥來說是求之不得的發展吧，和王家建立關係進而出人頭地是哥哥一直以來的夢想。

「喂……你們差不多也該別對我視而不見了吧……」

就在我大受打擊時，聽見了一個女性的聲音。我朝聲音的方向轉過頭去，有位女性坐在哥哥正對面。

「啊啊，我都忘了。因為她說想見妳，所以我就帶她來了。」

「正常人會忘記嗎！」

我看過這個開口頂撞哥哥的女性。

「布……布……布可愛小姐！」

「是布莉安娜！」

明確對我說出名字的她，沒有之前見到過那種討好男人的態度。

「布可愛小姐，妳今天沒有裝可愛的成分嗎？」

「是布莉安娜！」

「妳不裝可愛了嗎？」

「已經不裝了啦！」

咦？不裝了嗎？

當我感到驚訝時，布可愛繼續說：

「王子主動靠近我，我還以為我有機會，沒想到王子根本對妳情有獨鍾，我只是被拿來試探妳的。開什麼玩笑啊！」

她緊握拳頭。

「而且說什麼作為我引起騷動的懲罰，不知道為什麼連我也要接受太子妃培訓！無法理解事情為什麼會變成這樣，而且那真的超痛苦的，什麼鬼啦！不小心打個呵欠就會被罵是怎麼回事？只要是人都會打呵欠吧！」

「就是說啊。」

「我就知道妳一定能理解我！」

我一表示認同，她立刻握住我的手。這表示我們是同志嗎？

「妳太厲害了！竟然忍受了十年？我完全不行，一天就放棄了。」

「妳別放棄，再努力一下！」

「辦不到！」

「只要努力，或許就能成為王太子妃！」

「絕對不可能！因為王子已經宣言，如果和妳以外的人結婚就不生小孩了。」

她、她說什麼！

我一轉向哥哥，便發現他笑得非常愉悅。

「殿下似乎不打算和妳以外的人結婚。妳只能放棄掙扎了呢。」

「不要啊啊啊啊啊！」

把我的平靜生活還回來！

◇◇◇

那麼我逃跑不就得了。

如此一想，我只有一個行動。白天聽完哥哥說的話還很絕望，但我只要逃跑就好了。

幸好這邊在我們家的領地中也屬於邊陲之地，是沒什麼人監視的鄉下地方。先前被迫住在王都那宛如要塞的大宅院，就算我想逃跑也有好幾個傭人阻撓我的去路。

可是在這裡就辦得到！

我把必要物品減少到最小限度，並帶上很多現金，將它們全部塞進包包裡。就算我是個不知人間疾苦的千金小姐，也沒有笨到以為身無分文還能逃跑。錢最重要，絕對沒錯。順帶一提，說起為什麼我有錢，這是為了隨時都能離家出走而一直藏起來的。

好，我替自己打氣。如果是我，就算要過平民生活也沒問題。倒不如說，那樣的生活可能更適合我。去當女漁夫吧。就這麼辦。

我做好準備後，把手放在窗戶上。從玄關出去可能會被人發現，說起離家出走，當然要從窗戶出去。

打開窗戶、拿好包包，就這樣跳下去。因為是二樓，所以腳多少受到一點衝擊有點麻了，但沒問題。再來就是狂奔逃跑了！

「不，我不會讓妳逃跑喔。」

正當我想拔腿時，有人踩住我的裙襬讓我摔了一跤。我的臉直接撞上地面，劇烈衝擊撞得我眼冒金星。

「要是妳逃走了，不就換成我無法逃離太子妃培育了嗎！」

害我跌倒的凶手布可愛還踩著我的裙襬。從下往上看，她那波濤洶湧的胸部更明顯了。

「妳白天不是還和我心有戚戚焉，覺得很辛苦嗎！」

「是心有戚戚焉，但我無法放妳逃跑。」

「太過分了！我還稍微想著或許可以又或許不可以，跟妳變得要好一點耶！」

「那不就表示根本無法嗎！」

我試圖用力拉出被她踩在腳下的裙襬，卻文風不動。她的腳力好驚人！

「他們答應我只要妳回去，我就可以不必接受太子妃培訓。我絕對不會讓妳逃跑。」

原來如此。她原本就是為了不讓我逃跑，才會跟著哥哥一起來吧。

「唉喲唉喲，妳放過我啦。」

「那誰要放過我啊！」

「妳只要代替我，就能光耀門楣成為國母！真是太好了呢！」

「不是跟妳說過，我早就放棄了嗎！」

嗯～遲遲無法說服她耶。話說回來，我使盡全力想推開她的腳卻一動也不動，力氣未免太大了吧！她是隱形肌肉女嗎！

就在我們爭執不下時，又多了一個人。

「蕾蒂希亞，大半夜吵死人了。」

「哥哥，您快拿這個布可愛想想辦法啊！」

「我就說了我叫布莉安娜！」

只要我喊她布可愛就肯定會鄭重糾正我的布可愛，即使哥哥來了也沒打算從我身上退開。這也是當然，因為他們是共犯。

我拚命驅動我小小的腦細胞。肯定……肯定有什麼法子才對。我對慢慢滑下額際的汗水感到不快，努力榨取智慧，卻想不到好點子。哥哥步步逼近。只要被他抓到了，事情就真真正正完蛋了。

我抱著背水一戰的想法，說出唯一想到的愚蠢點子。

「要是妳放過我，我就讓妳和哥哥結婚！」

我自暴自棄地大喊後，布可愛稍微放鬆踩住我裙襬的力道轉過來看我。

「妳說什麼？」

……這法子可行！

「公爵家嫡子，二十二歲，腦袋聰明、運動神經發達、身材高挑，而且還是個美男子。就算說保證將來平步青雲也不為過！儘管個性有點問題，只要忽略這點，絕對是個好對象！如何？」

「成交！」

布可愛放開腳，接著直接轉過頭朝哥哥走去。我站起身擦拭額頭的汗水。

「謝謝，我不會忘記你們。哥哥，您要幸福喔。」

「喂、喂，蕾蒂希亞。」

「我自由了——！」

我一喊完立刻拔腿狂奔。縱使身後傳來哥哥的聲音，但我不在意。布可愛，如果想要跟哥哥結婚，最快的方法就是創造既成事實，加油喔！
「噠、噠、噠——」我輕快地往前奔跑。
啊啊，這樣一來我就能不受任何束縛地活下去了……！
我開心得快要掉淚，但我努力忍住淚水往前奔跑。
然而，突然有隻手從後面伸過來抱住我的肚子。
由於我奔馳的勢頭過於猛烈，那隻用力勒住肚子的手臂害我差點吐了出來。
是哥哥追上來了嗎？
我這麼想並放開摀住嘴巴的手，我那無法取消婚約的未婚夫就站在後面。
「蕾蒂。」
我感慨甚深地想：「帶著美貌的笑容在暗夜中顯得特別詭異耶。」
克拉克大人的嘴湊在我的耳旁。
「結婚禮服基本上都是白色的，第二套禮服要用什麼顏色呢？」
我覺得現在不是說這個的時候。

◇◇◇

「放開我啦啦啦啦啦啦！」

我使出全力大喊來抵抗，但似乎沒造成太大的阻礙，克拉克大人把我扛上肩膀。

結果我被帶回宅院裡，克拉克大人帶著微笑命令屋裡驚訝不已的人們搬家。

兩天前才剛搬到這裡，沒想到今天又要搬家。

這太過分了。太過分了！而且傭人們太可憐了！雖然我如此抗議，根本沒人聽我說話，大家默默地準備搬家。

「您、您明明說我可以過一段悠閒的生活——！」

「我不是讓妳過一段自由生活了嗎？」

看來您的一段和我的一段是天壤之別！

「放我下來——！」

「放妳下來，妳就會逃跑吧？」

「那您換個方法抱我！」

「換了妳就會掙扎吧？」

是沒錯！是這樣沒錯啦！

從剛剛開始不停重複這個問答，結果依舊維持相同的姿勢。

「嗯，那我們走吧。」

克拉克大人下完指示之後對我如此說，沒把我放下來，直接朝玄關走去。

他打算去哪裡？

傭人一為他打開玄關大門，我便看見滿身瘡痍的哥哥和布可愛。我還是第一次看到哥哥這麼狼狽，布可愛做了什麼啊……

哥哥十分疲憊地對克拉克大人說：

「請用這輛馬車，接下來就交給我。」

不想交給哥哥！不想交給哥哥！

我當作最後的臨死掙扎不停地揮動手腳，卻毫無作用。早知如此，我就更加鍛鍊肌肉！

「莉、莉莉也要一起……」

「不行。」

哥哥乾脆地回絕了我最低的要求。

「她跟妳認識太久，要是被妳說動進而幫助妳就傷腦筋了。不行。」

「惡、惡魔！」

「隨妳怎麼說。」

哥哥制伏躁動不已的我，把我塞進馬車裡。克拉克大人緊接著也坐上馬車來，下一秒立刻鎖上車門。

雖然我試圖打開緊閉的車門，當然一動也不動。我透過車窗看見哥哥在笑，布可愛則筋疲力盡且一臉憔悴。她和我對上眼後靜靜搖頭。實際上到底發生了什麼事啦……

我發現窗外的莉莉便拚命朝她揮手，莉莉也揮手回應我。不對，莉莉，我是希望妳救我才對妳揮手啊！

我看見莉莉揮著手正說些什麼。不知道她在說什麼的我仔細讀她的脣。

「祝、您、幸、福」——莉莉！不對！我才不想聽妳說這種送新嫁娘出嫁的話啊——！

然而我的想法沒傳達出去，馬車已經駛動了。

◇◇◇

我們兩人單獨關在馬車裡。

未曾有過的緊張感使得我雙手冒汗。

為什麼會變成這種狀況……

我不禁出神看著車窗。

馬車順利地朝王都前進，我還記得兩天前才看過的道路。我明明在那場晚宴的隔天早上出發，昨天累得休息了一整天，然後今天才開始享受鄉下生活耶。

今天明明這麼幸福。

淚水不自覺浮上眼眶。

莉莉，幸福會倏然而至，也會突然就遭到剝奪。

我又學會了一件事，視線移到坐在眼前的美男子身上。

克拉克大人交疊修長的雙腿，表情沉穩地看著我，美得讓我差點不小心嘆息出聲。光源只有馬車裡的昏暗提燈，但這份黑暗更加凸顯了他的性感。

「妳討厭我了嗎？」

「什麼？」

「我這樣帶妳走，妳討厭我了嗎？」

我心想他還有自覺他帶人走的方式一點也不討喜，同時心不甘情不願地對他說：

「沒有。」

我沒說謊。我不討厭他，只是也不喜歡他而已。

我偷偷瞥了對方一眼，他看起來很開心地微笑著。咦？被他誤會了嗎？我只是說我不討厭他，可沒說喜歡他！

我慌慌張張地想修正他的誤會，正面看著對方的臉。他的臉在提燈的照射下看著我微笑，豔麗的表情揪住我的心胸，抗議聲被押回喉嚨深處。

明明早就看習慣這張臉了，我竟然還會小鹿亂撞，未免太奇怪了……

彷彿第一次見到的男性般無法平靜。明明至今曾經對話過無數次，也跳過好幾次舞。

「妳多少有所意識了嗎？」

大概發現我拚命轉移注意力，克拉克大人開口問我。

「什、什麼……？」

「我說妳是不是多少有所意識到我了？」

見他歪頭如此說，我嚥了嚥口水。

「說、說什麼意識不意識……」

「不過，妳終於把我當作男人看待了吧？」

這個問題使我不禁倒抽一口氣。

我確實至今從未把克拉克大人當作男人看待。他只是身為未婚夫的存在，在我心中僅此而已。儘管這樣對待一個人或許相當失禮，我確實沒把他當作人看待。

我該不會是個很糟糕的傢伙吧？

發現自己惹人厭的部分讓我有點受打擊，克拉克大人擔心地靠過來。

當我發現時，他已經坐到我身邊來了。

他輕輕握住我放在腿上的手，我嚇得肩膀一震。

「怎麼了嗎？」

「那那那那那、那個……」

「嗯？」

他歪頭的瞬間，一股難以形容的香氣隨之飄散。男人也會發出這種氣味嗎？

「您您您您您、您太靠近了！」

「是這樣嗎？」

「是！」

我都說得這麼明白了，他還不打算遠離。為什麼，這是為什麼！

他仍舊用溫柔的眼神注視著我，使我心神不寧。

我現在才發現，這是我除了跳舞以外第一次被男人握著手！也是第一次和男人坐得如此靠近！

第一次與異性近距離接觸使我心跳快得心臟發疼。

「那那那那那、那個！」

「嗯？」

「離、離遠點……」

聲音小得幾乎聽不見，我非常清楚自己有多慌張。對方明明也察覺了，但克拉克大人只是開心微笑著，沒有遠離我。

「真開心呢。」

「什麼？」

他音色溫柔地說，我卻聽不懂他的意思而發出愚蠢的聲音。

「終於可以像這樣，看著妳的眼睛說話……」

他的聲音真的充滿喜悅，令我不禁感受到心臟遭人緊緊握住的痛楚。

「我、我之前……也看著您的眼睛說話……啊？」

「嗯，但是對話中沒有任何感情。而且話說回來，妳根本沒有確實認知到我這個人，我說的沒錯吧？」

被他發現了。

我忘記方才的悸動，開始冒冷汗。

「非、非常抱歉……」

「嗯，沒關係。」

我快要因為罪惡感而死掉，克拉克大人摸摸我的頭，臉朝我靠近。聽見臉頰傳來「啾」的可愛聲響，我搞清楚狀況後摀住臉頰。

我應該滿臉通紅吧。

「您、您、您……？」

「還要花上一段時間才會抵達。」

「什、什麼？」

「那麼，我們差不多該休息了。」

把馬車上準備好的毛毯蓋在我和他身上後，克拉克大人又摸了摸我的頭。

「蕾蒂，晚安。」

他這麼說完便閉上眼。我則仍舊摀著被他偷香的臉頰呆然以對，接著才回過神來。

「誰、誰睡得著啦——！」

身旁披著毛毯的克拉克大人咯咯發笑。

◇◇◇

我被帶回來了。

頂著睡眠不足而無法運轉的腦袋確認外頭，馬車抵達我熟悉的場所。只不過遺憾的是，這不是我家位於王都裡的公館。

「為什麼來王城……？」

「因為有很多事。婚禮準備也還需要一點時間。」

「怎麼這樣……」

我因為絕望而開始啜泣，坐在我身邊的克拉克大人摸著我的腿。喂，別趁亂性騷擾！

「蕾蒂，妳哭成這樣可就浪費了可愛的臉蛋啊。」

惹哭我的就是你的行動！

「我想回去……」

「這個辦不到耶。」

他說著對不起並摸摸我的頭。不用對不起，讓我回去。

在我以為能過上「夢想中的鄉村生活！」時被強行帶回來，而且還是來到王城，除了絕望別無其他。

克拉克大人拉著仍舊啜泣的我的手往前走。我們要去哪裡？該不會才剛抵達就要立刻舉行結婚典禮吧？不對，他剛剛才說還沒準備好對吧？

儘管我因為無法預測事情會如何進展而奮力掙扎，但他毫不費力地拉著我走。決定了！我接下來要認真練跑步！

總覺得很不想承認自己被帶進王城的事實，我眼睛只盯著地面瞧，這時克拉克大人開口對我說：

「蕾蒂，妳抬起頭來看看。」

他這樣說我只好抬起頭，映入眼簾的景色嚇得我張大了嘴。

「河……」

「嗯。」

「有河……」

小小河川就在王城中庭內流動，還能看見魚隻悠游其中。

這是以前來這裡時所沒有的東西。

「我造了河。」

竟然靠金錢的力量……！

真不愧是擁有最高權力的王族！儘管這麼想，我卻不討厭。

我探頭看了看河川，心想短時間內竟然能造出如此漂亮的河川。小魚活力十足地跳動。

「妳喜歡河川對吧？這裡也能讓妳釣魚。」

我確實喜歡河川，喜歡釣魚，超級喜歡。

我驚訝他知道我的興趣，但回想起來，我確實在晚宴時如此大喊過。順帶一提，我絲毫不知克拉克大人的興趣。

「蕾蒂，今後妳可以隨時做妳想做的事情。雖然需要妳做外交，那種情況並不常發生。

妳的太子妃培訓也幾近完美，所以可以結束了。」

我嚇得將視線從河川移往克拉克大人身上。

「這種事應該辦不到吧？」

「別擔心、別擔心。」

「不對，王妃怎麼可以隨便做想做的事情。」

「我的母親也挺隨心所欲的啊。」

王妃殿下確實是位相當自由不拘的人。雖然國民們都沒發現，我知道她三不五時就會變裝跑到街上玩。

可是真的可以擁有那種自由嗎？因為知道太子妃培訓有多嚴苛，使我心生懷疑。克拉克大人大概發現我的心思，就像要讓我放心一般笑著說：

「別擔心，我不會讓人有怨言。因為我已經確實得到許可了。」

「誰許可了？」

「國王陛下。」

「噫噫噫！」

我忍不住發出愚蠢的驚呼。

「當我對大家說我不打算和妳以外的人結婚，如果做了什麼讓妳逃跑的事情，可能無法期待我會有孩子之後，大家很乾脆地答應了。」

大家一般稱這種行為叫做「威脅」。

「所以和我結婚吧。這對妳而言也不是壞事，比嫁了個不好的貴族還要輕鬆，能過著悠閒的生活。妳遲早都得和某個人結婚，那麼就和我這個優質對象結婚吧。」

他還記恨我說他是呆帳。

看著男人朝我靠近的臉——看著美麗的清澈藍眼，金髮柔順地隨風飄逸。原來如此，他確實是個王子大人呢。我莫名其妙感到認同。

「不過我不會愛上您！」

我將他近在咫尺的唇推回去。雖然他怨恨地看著我，我可沒義務承受他這種表情，反而想說該擺出這種表情的是我才對。

「……妳有什麼不滿嗎？」

我摀住克拉克大人嘴巴的手被他拉了下來。

「我對嫁進王族很不滿。」

在我接受嚴苛太子妃培訓中的唯一希望，就是有天能取消婚約。如此一來就是對讓我成為王子未婚妻的王宮人們與哥哥最大的報復。所以就算對我說：「其實妳成為王妃就可以自由了。」我也無法接受。長年累積的怨憤並不是這麼容易就能消除。

要是在此接受了，我長年吞下肚的鬱悶心情不就無處可以發洩了嗎！

我想起往事又憤怒了起來。

克拉克大人看見我一臉不開心，露出傷腦筋的表情。那張簡直就像在配合耍任性小孩的表情讓我感到更加不開心。

「這點就只能委屈妳了。」

「不要。」

看見我不願放棄地搖頭，克拉克大人不禁歎氣。

「蕾蒂希亞，實在太遺憾了。」

克拉克大人說完便一把將我抱起，然後回到王城中。

我滿心只有不好的預感。

「放我下來！」

在馬車裡他只要一靠近，就會讓我心跳加速，但我很清楚現在胸口的悸動與當時完全不同——因為我正在冒冷汗。

我使出全力在他懷中掙扎，卻完全不是對手。太不甘心了！

我就這樣被他帶進王城深處的一間房裡。

「蕾蒂，在婚禮準備好之前，妳就待在這裡。」

克拉克大人用他俊美的容貌微笑後，無情地關上門。

我立刻試著打開門。

「打、打不開……！」

道曼公爵千金蕾蒂希亞，十七歲，有生以來第一次被囚禁了。

◇◇◇

我被囚禁在王城的房裡過了一晚。

房內有床、桌子、浴室、馬桶、盥洗檯等必要物品，真是適合用來囚禁人的設施。順帶一提，門當然只能從外側打開，越來越適合拿來囚禁人了。儘管我不禁懷疑這裡就是以此為目的建造的房間，因為我害怕他回答我：「答對了。」所以沒開口問過。

我四處查詢有沒有出口，但沒有找到。再加上睡眠不足，我早早放棄，洗完澡便上床睡覺了。因為太過疲倦，即使在這種狀況下也睡得很沉，現在腦袋非常清晰。

我起床後把睡衣換成家居服。順帶一提，克拉克大人很周到地連衣服都替我準備好了。我甚至佩服他準備得太過充分，令人不禁懷疑他打從一開始就如此打算。如果詢問衣服的尺寸為什麼分毫不差，是否太不解風情呢？

「叩叩叩——」敲門聲響起。

「夫人，請問您醒了嗎？」

「我不是夫人。」

「對不起，我失禮了。蕾蒂希亞大人，我送早餐過來了。」

這麼說完，一個看起來和我差不多年齡的年輕侍女拿著早餐走進房內。

「那麼，請您趁熱吃了。」

看見侍女在桌上擺開的早餐，我的肚子頓時餓了起來。我並不打算在此反抗，於是乖乖就座。

侍女直盯著我進食讓我有點尷尬，但王城的餐點相當好吃，我一轉眼就吃光了。我心想：「待在這裡時每天都能吃到這個嗎？」內心出現些許動搖肯定是錯覺。

「我吃飽了。」

「那我撤下了。」

侍女手腳俐落地收拾完，就要直接離開。她推著擺放餐具的推車敲敲門，門慢慢打開。

「對不起！」

我這麼說完便從後方用力撞上侍女，侍女失去平衡往前倒下。看見侍女超乎想像地大跌一跤，使我內心湧上罪惡感。

「對不起，真的很對不起。我雖然跟妳無冤無仇，但我想要自由！」

我壓抑歉意打開稍微打開的門往外跑。

傭人們不明就裡地嚇得睜大眼睛看著輕盈奔跑的我。

我跑著跑著慢慢察覺自己身處在王城何處。我可沒有白來王城十年，早就已經掌握城堡的結構以因應緊急狀況。

蕾蒂希亞，妳這十年沒有白費！

我邊誇獎自己邊從走廊的窗戶探出身，往窗戶旁的大樹上一跳。

成功逃脫！

我在樹上緩緩爬行，聽見此時最不想聽到的聲音。

「——蕾蒂希亞？」

聲音從下方傳來，我戰戰兢兢地放低目光。

「噫！」

為什麼克拉克大人會在這裡！

絲毫不理會我的不知所措，依舊一副爽朗青年模樣的克拉克大人帶著燦爛的笑容說：

「我也不是白看了妳十年。」

對於這位大致掌握我行動模式的男人，我感到恐懼。

克拉克大人只是笑著在樹下等著我下去，既沒有搖晃樹木，也沒有指示旁人抓我下去。

我在樹上尋找是否有其他活路，但要跳到另一棵樹上的距離讓人不安，這個高度也沒辦法從樹上跳下去。我無計可施只能瞪著克拉克大人，克拉克大人則打趣地注視著我。

「這副模樣讓我想起我遇見妳那天。」

「我想不起來耶？」

在我反駁喜悅地看著我的克拉克大人後，他失笑出聲。

我遇見他那天是從樹上掉下去，而不是現在這樣跟攀在樹上的猴子沒兩樣的狀態吧……不對，或許是同樣的狀態？他該不會說他愛上了猴子狀態的我吧！

我待在樹上跟他互瞪一段時間，但逐漸失去力氣的我抱著樹幹一點一點地往下滑。

我滑下樹之後也不想看克拉克大人的臉，仍舊抱著樹幹。我現在只是一隻巨大的蟬。

「蕾蒂希亞。」

他從背後將我抱起。啊啊，我的抵抗白費了……

他就這麼打橫抱起我。

他探頭看我的臉，我恐懼得身體顫抖。

「我得讓妳更加清楚明白，妳無處可逃才行呢。」

他對我低語恐怖的事情。

「救命啊啊啊啊啊！」

王城裡的人們用慈愛的眼神注視著被抱在克拉克大人懷中哭泣的我，以及看起來十分得意的克拉克大人。

喂，救我啦！

◇◇◇

我又回來了。

「唉，好傷心……」

我坐在房內沙發上唉嘆我的悲傷，侍女沒有打擾我。我端起她替我泡好的紅茶喝一口。

「好好喝。」

「謝謝誇獎。」

侍女滿臉笑容地回應我。

「對不起，剛剛那樣撞妳。有沒有哪裡痛？」

「沒有，因為我跌在地毯上。」

這位侍女就是剛剛被我用力撞開的侍女。我姑且還是算好她會跌在柔軟的地毯上才撞上去，但是不是真的毫髮無傷，只有本人才知道。至少被我撞到的部位應該很痛，讓我感到很不好意思。

「真的對不起。我明明跟妳無冤無仇，只是因為自己想逃跑，而弄疼了妳……」

「您不用道歉這麼多次，我真的沒事。」

她這麼說著還跳了跳，這副模樣好可愛，超級可愛。

我莞爾一笑問她：

「妳幾歲？」

「十七歲。」

「妳身高和我差不多對吧？」

「站在一起時感覺確實如此。」

「體型也相同耶。」

「我最近總算瘦下來了。」

「髮色也相同。」

「相同呢。」

「眼睛的顏色也一樣呢。」

「…………」

她原本還很輕快地回應我，突然沉默下來。

侍女下定決心似的開口問我：

「請問您在想什麼？」

「想一件好事。」

「絕對不是一件好事吧！」

「別擔心，妳只要靜靜換上我的衣服就好了。」

「看吧，果然不是一件好事！」

我靠近吵吵鬧鬧的侍女。

「別擔心、別擔心，只要妳乖乖的就好了……好不好？」

「別說什麼『好不好？』啦！」

當我反覆張闔十指，侍女便突然步步往後退。

我逐步靠近和她互瞪。

「又沒有關係，只是當一兩次替身啊。」

「一點也不好！」

「假如一切順利，說不定能被王子看上喔！」

「絕對不可能！」

「可是妳看，妳和我這麼像。」

「只是髮色和眼睛顏色相似，我們長得一點也不相像！」

「只要髮色和眼睛顏色相似就沒問題了。其他還要靠什麼特徵來辨識一個人啊？」

「您難不成是靠頭髮和眼睛的顏色在辨識一個人嗎！」

「因為我不擅長記人臉……」

「請記起來！」

「啊，話說回來妳叫什麼名字？」

「我叫瑪莉亞！」

我和她對話的同時，仍然持續逼近她。瑪莉亞，她連名字都好可愛喔。

「來人——！誰來救救我啊！」

瑪莉亞開始用力拍門。

「啊，我還什麼都沒做耶！」

「您接下來就要做了對吧！」

「是這樣沒錯啦！」

「看吧——！」

瑪莉亞眼眶泛淚且不停地拍打門扉。這扇門很厚實，她的手應該很痛。

「只要放棄掙扎就輕鬆了。」

「我不要！」

「哎呀哎呀，想得輕鬆一點嘛。」

「辦不到！」

我靠近意外頑固的瑪莉亞，想將她拉離房門，但她握著門把不放。

「喂，一下下就好了啦。」

「那個一下下會讓我的人生到此結束！」

「別擔心，讓我們想得輕鬆一點吧？好不好？」

「不行不行不行辦不到辦不到辦不到。」

她意外地頑強，而且力氣出乎意料地大。這就是所謂的人急懸樑，狗急跳牆嗎？

「不要！救命啊！」

瑪莉亞又更加大聲地吶喊。這個肺活量！肺活量好驚人！我耳朵好痛！

「噗！」

房門開啟，用力打上瑪莉亞貼在門上的臉。抱著瑪莉亞的我也跟著她一起往柔軟的地毯上倒了下去。

「蕾蒂，妳們在幹嘛呢？」

噫噫噫噫噫噫噫！

克拉克大人滿臉笑意地問我，讓我怕得直發抖。瑪莉亞復活之後向他控訴：

「請救救我！」

「蕾蒂要做什麼嗎？」

「她要我當她的替身！因為我和她同年，身形相似，髮色也很相近！」

她將一切都告訴克拉克大人。

「蕾蒂？」

「噫！」

笑容……那個笑容很恐怖！

「妳為什麼認為她可以當替身呢？」

「這、這個嘛，因為克拉克大人對我一見鍾情，我想著假如找到一個跟我很像的人，說不定～就有……辦法……解決……了吧……」

我越說越小聲。因為我說越多，克拉克大人額角抽動的次數就越多。

克拉克大人帶著爽朗的微笑開口：

「這樣啊，蕾蒂，看來我的心意沒有讓妳理解呢。」

「不、不是，不是這樣……」

「從現在起，我就來告訴妳我喜歡妳什麼地方吧。分毫不漏、鉅細靡遺地。」

「不、不用了。」

「要花上幾小時才能全部說完呢？」

「不用了！」

我倏地抬起頭尋找退路，但厚重的門扉已經確實掩上。

順帶一提，瑪莉亞也不在房內。被、被她逃跑了！

「來吧，就我們兩人相親相愛地互訴情意吧。」

「不、不要啊啊啊啊啊啊啊！」

我的驚聲尖叫根本不被當成一回事，克拉克大人緊緊擁住我。

◇◇◇

終於解脫了。

我筋疲力盡地癱軟在沙發上看著窗外，外面已經完全天黑了。

克拉克大人在那之後無窮無盡，真的是無窮無盡地澈底告訴我他喜歡我什麼地方，以及

感覺我哪個部分具有魅力。因為到了晚餐時間還沒說完，他便直接在房內用晚餐，接下來換

成對我示愛般的說我眼睛很漂亮、耳朵很漂亮，細聲呢喃著對心臟相當不好的甜言蜜語，之後才終於滿意地離開了。

到底是怎樣，他真心迷戀我嗎？

我原以為我逃跑前他都不曾做出類似的行為，但聽說他其實很早以前就經常對我示愛。儘管我完全沒有記憶，不過聽說在每天接受太子妃培訓的空檔時間肯定會安排的茶會時間裡，克拉克大人都會對我示愛。因為我毫無興趣，完全沒在聽他說話，都只是隨口應和他而已。

當我這樣說完，他露出悲傷的表情，但我當時只想著該如何才能快點回到過往的生活，滿腦子只想著該怎樣才能讓他解除婚約，所以這也是沒辦法的事。

「對吧？這也沒辦法啊。妳不覺得嗎？」

「不，一般來說會覺得王子很可憐。」

我尋求瑪莉亞的同意，但她立刻否定了我。

順帶一提，瑪莉亞在送上晚餐餐點時回來了。她表示這是工作，不可以開天窗。侍女還真辛苦耶。

「十年來每天被人示愛還能充耳不聞也很厲害就是了。」

「因為我只覺得他好像在說些什麼，完全沒將內容聽進去嘛。」

「您真的對王子毫無興趣呢。」

「我從那時起，就只對自由有興趣。」

「您真是誠實爽快呢。」

「感謝誇獎。」

我道謝後她露出奇妙的表情。我知道啦，我知道妳不是想要誇獎我！

「夫人的哥哥沒有對您提過有關王子的事情嗎？」

「有啊，他會對我說：『王子今天也說他好喜歡妳。』但我想著，反正他一定是希望我能夠跟王子結婚才這樣講，所以也當成耳邊風。」

「…………」

瑪莉亞，我希望妳別這樣無言地看著我。

「我原本還覺得夫人有點可憐，現在認為您是自作自受。」

「為什麼？我很可憐對吧？很淒慘對吧？要好好同情我啊。」

「不，您是自作自受。」

「我確實有點不太好啦，但囚禁我更壞吧！」

「就我這樣聽起來，現在無法表達意見。」

「因為一般來說在囚禁之前會有很多作為吧！像是對我傾訴愛意，傳達他對我的愛情之類的……之類的……」

當我露出恍然大悟的表情時，瑪莉亞立刻糾正我：

「王子對您傾訴愛意了喔。」

「……他對我傾訴了耶。」

「非常確實地傳達他對您的愛意了呢。」

「然後，因為一點用也沒有，您又還想要逃跑，他才會讓您無法可逃。」

「…………似乎是這樣呢。」

「……………確實如此。」

雖然我不禁跟著點頭，不對不對不對不對！

「不對，因此採取囚禁我的方法也太奇怪了吧！我確實不在意王子，滿腦子都想取消婚約，對話也有一句沒一句的，雖然是這樣，肯定還有其他方法吧！」

除了這個狀況以外，肯定還有其他方法。可以引起我興趣的什麼……事情……應該有才對吧……？

我想徵求瑪莉亞同意而抬頭看她，她卻搖了搖頭。

「我想他應該已經用盡所有手段了吧。」

「肯定……沒有……那回事……對吧？」

「不，這點我不清楚。」

好冷淡。

「妳剛剛還那麼溫柔，為什麼會變得對我如此嚴苛啊？」

「呃……因為我十七歲，是愛上『戀愛』的年紀，所以讓我想要替克拉克王子的戀情加油打氣。」

「咦？為什麼？」

「因為他太可憐了。」

「我也非常可憐耶？」

「在我看來不怎麼可憐。」

「好過分！」

我假裝啜泣並瞥了瞥瑪莉亞，她卻只是沉默地看著我。她發現我在假哭，於是我放棄假哭抬起頭。

「那就當成是我不好，妳可以別再叫我夫人了嗎？」

「夫人就是夫人。」

「我還沒有結婚。」

「您結婚之後就要改稱呼您為王太子妃大人，所以決定在那之前要稱呼您夫人。」

「誰決定的？」

「王子。」

「看吧，果然是克拉克大人！」

我用力槌了桌子一下。

瑪莉亞毫不在意這樣的我，確認牆上的掛鐘後朝我一鞠躬。

「那麼夫人，我差不多該退下了，請您好好休息。」

「我不是夫人。」

「晚安。」

「晚安……」

她沒有改正夫人的稱呼，就這樣走出房間。

為什麼大家都幫著克拉克大人？沒有一個人支持我，不覺得太狡詐了嗎？

「呼～」我嘆著氣看著窗外，黑暗中看見閃閃發亮的星星以及在這之中更明亮的月亮。

「滿月啊……」

我如此喃喃低語，將視線拉回室內。

咦？

我四處張望。

「現在只剩下我一個人……」

室內沒人監視我。

「豈不是可以逃走了嗎！」

我這麼說完便立刻展開行動。首先確認窗邊沒有任何人，接著確保房內有厚重的書，我用睡衣把書包起來並拿起來揮動。

嗯，可行！

我用力朝窗戶砸了下去。

窗戶伴隨著「哐啷」一聲破裂。我急急忙忙探出身體，動作不快點就會有士兵來了！

成功從窗戶逃脫了。

輕飄飄的家居服很難奔跑，但也沒辦法。即使如此我仍舊竭盡全力奔跑，朝通往城外的出口前進。

「呵呵呵，我自由了！」

在我大叫時，有隻手臂環過我的腰間，從後面緊緊抱住我。手臂緊緊勒住我的肚子，害我差點吐了出來。

我摀住發出嘔聲的嘴巴，心想這感覺似曾相識，戰戰兢兢地轉過頭去。

「蕾蒂。」

是不出所料的人物對吧。我這樣想並繃起臉來。

我感慨萬千地心想：「黑夜中的美男子笑容果然很恐怖。」

克拉克大人把嘴湊到我耳邊說：

「搭配婚紗的首飾，妳想用鑽石還是珍珠呢？」

我覺得現在不是說這個的時候。

◇◇◇

到底還有幾間這種房間啊？

我意志消沉地眺望窗外。順帶一提，這窗戶小得人鑽不出去。似乎是從先前的事情學到教訓，把我移到這間房來。真過分。

瑪莉亞絲毫不理會嘆氣的我，替我倒紅茶。

「似乎有好幾間喔。聽說很久以前有許多反抗王族的貴族，所以準備了這些房間，但現在已經沒有使用了。」

「……那不就是有問題的房間嗎？」

「聽說基本上沒有人死在房裡喔。」

「那不就表示是在房間以外的地方過世的嗎……」

不行不行不行，不能思考這種事情！再思考下去，這座王城就要變成鬼屋了！

「那是什麼啊，感覺好歡樂喔。」

布可愛事不關己地笑著拿起點心放進嘴裡。那是我的耶。

「話說回來妳為什麼會在這裡啊？」

「因為我被提拔為被囚禁的未來王太子妃的聊天對象。」

「那什麼啊？我不需要，妳給我回去。」

「我是被聘用的，時間不到不能離開。」

「妳還領錢嗎！就這種沒意義的工作？稅金小偷！」

「隨妳怎麼說。妳聽好了，這世上最重要的東西就是錢。」

「瑪莉亞，把耳朵摀起來！聽這傢伙說的話，妳耳朵會爛掉！」

「這世上最重要的東西就是錢呢！」

「瑪莉亞！」

當我想在瑪莉亞學壞之前摀住她的耳朵時，無奈為時已晚。瑪莉亞已經聽到布可愛獨特的想法了。

「這孩子和妳不一樣，妳別說些會造成不好影響的話！」

「妳別說得好像我很奇怪啦。」

布可愛又把一塊點心丟進嘴裡。別因為可以免費吃到，就這麼不客氣啦。

「妳要是看到鬼，記得告訴我。」

「如果妳和王子結婚，就隨時都可以驗證了喲。」

「我才不要用這種方法。」

布可愛斬釘截鐵地拒絕。

「連太子妃培訓都半途放棄的我辦不到啦。倘若我成為王妃，可是會引發外交問題。」

「遲早會學會的，別擔心。只要有個十年就完美了。」

「要是過了十年，我早就過了適婚年齡。」

布可愛發出窸窣的聲響喝紅茶。別發出聲音啦。

布可愛發現我譴責她的眼神，從嘴邊拿開茶杯。

「看吧，光基礎禮儀就已經這樣了。雖然我姑且已經多加注意了，沒辦法像妳一樣無聲無息地喝東西。」

「所以有十年就沒問題了！」

「我才不想花費十年！」

布可愛這麼說完又拿起一個點心。算了，妳就儘管吃，然後儘管變肥吧。

「啊啊，然後啊，我好好地對別人說我接受的太子妃培訓是什麼樣的東西了喔。」

「嗯？」

我不知道她在說什麼而盯著她看，結果布可愛咧嘴一笑。

「我在社交圈內確實宣傳了太子妃培訓是什麼樣的東西，而且到底有多嚴苛喔。」

「為什麼？」

「這還用說，當然是為了提升外界對妳的評價啊。」

「啥？」

我不理解她話中的意思，發出疑問。布可愛昂首挺胸說：

「王子說我可以隨意說。不如說，他巴不得拜託我儘管說。他原本就打著這個主意，所以才要我接受太子妃培訓吧。多虧如此，妳已經變成面對嚴苛的太子妃培訓也不屈不撓忍耐十年，值得敬佩的千金小姐嘍。真是太好了呢！」

「一點也不好！」

她幹嘛多事啊！

「這樣一來，應該幾乎不會有人反對妳成為王妃了。不過妳之前那麼認真，本來也幾乎沒有人反對的樣子就是了。身分地位也沒問題，市井一定會開始流傳美麗的貴族千金與王子的愛情故事！」

「我不要！」

「來不及了，早就已經流傳出去了。」

布可愛臉上的竊笑沒停過。

我對一直笑個不停的布可愛湧上殺意。她做了什麼好事啊？我就說我不想結婚了啊！

「妳也差不多該放棄掙扎了吧？」

「才不要！」

「妳也不是小朋友了，就別任性鬧脾氣了。」

「才不是那樣。」

我氣得回嘴：

「我從七歲開始就失去所有自由時間。因為記得以前的開心生活，才會有如此強烈的嚮往，這也是無可奈何的吧？」

十年來，我描繪著將來有天能夠自由的美好想像。這並不是這麼單純就能輕易放棄。所有開心的玩耍全都遭到禁止，也沒時間和朋友玩。每天每天都得進王城接受指導，只要犯錯就會被罵，然後哭了也會被罵。將來總有一天要得到自由是我唯一的希望。沒錯，這是我唯一的心靈支柱。

「我明明想著將來有天能取消婚約得到自由，而一路撐了過來。要是輕而易舉就結婚，那我的心情該如何適從？」

布可愛看著我不悅的表情，拿起一個點心。

「妳啊——」

把點心丟進她嘴裡。

「還真愛鬧彆扭耶。」

「別說出來！」

◇◇◇

白天的對話讓我的心情亂糟糟。

我連忙搖頭，同時心想：「不對、不對，現在不是冒出這種心情的時候。」

外面已經完全天黑，瑪莉亞也不在這間房裡。在獨處的夜晚裡，沒有人妨礙我。

如此一來，要做的事情只有一件。

「好，重新打起精神來找暗門吧！」

我知道這間房位在王城裡的哪個位置。被帶來這間房時沒被摀住眼睛，所以能夠知道也很理所當然。

而且我大致掌握了王城的構造。然而很遺憾，由於還有王家機密場所之類的地方，這方面的知識並非完美。順帶一提，這個房間似乎也是機密房間，地圖上沒寫這是什麼房間，被偽裝成普通倉庫。

不過，這間房間隔壁的房間就不同了。隔壁房間被確實畫在地圖上。如果正如那張地圖所示，這房間應該有通往隔壁房間的門。我當時還想：「為什麼有通往倉庫的門？」但是現在終於理解了。

也就是說，如果有從另一頭過來的暗門，應該也可以從這一頭過去才對。

「呵呵呵呵，我也真是被小看了呢！」

竟然把我關在這種房間的隔壁，簡直就像在對我說：「請妳逃走。」

那麼，心愛的暗門啊，你在何方呢？

我四處走來走去到處察看也沒找到。這是當然的，因為是暗門嘛。

我想先調查地板而試著趴下來。

「哦！」

發現地板上有個小門！

雖然有點重，我使出吃奶的力氣把門打開。

「……地板收納空間。」

別在囚禁用的房間裡做這種方便的東西啦！

我很不甘心地關上門。

「接著是……」

我四處張望。說起怪異的地方……

「大概就是書櫃了吧。」

我喃喃自語地朝書櫃走去。

應該有暗門的房間牆邊有書櫃，根本怎麼看怎麼怪。

而且書櫃上的書也很奇怪。

「漂亮地全部擺滿愛情小說耶。」

這大概是王子做的好事。我不喜歡愛情小說，是要我讀這個好好學習嗎？要我對情愛開竅的意思嗎？

理解他的意圖讓我很不爽，所以我從來沒讀這邊的書，接下來也沒有要讀的意思。

我原本想直接移動書櫃，但文風不動。這是當然的。

「大概有什麼機關吧。」

我調查書櫃想找出機關，上面完美地擺滿標題一看就知道是戀愛羅曼史的書。

雖然這讓我心情很不好，但是我得調查才行。

我逐一確認每本書的標題。

「嗯？」

只有一本和其他不同，我不禁唸出那本書的標題。

「克拉克王子的日記本……」

啊，這大概是不能碰的東西。

我如此想著，想要視而不見，但它特別吸引我的注意。

一點點就好，一點點就好，偷看一點點吧……？

或許能抓到他什麼弱點，我如此想著拿起日記本。

「喀嚓」一聲響起。

「咦？」

我不禁發出聲音，書櫃瞬間往旁邊移動，隔壁房間接著出現在眼前。

這是什麼機關？未免太酷了吧！

我有點感動，把手上的書朝對面房間丟過去。

壓抑高漲的胸口悸動衝進隔壁房間。

「萬歲——！」

我就像成為冒險故事中的主角般超開心。找到暗門的我太厲害了！

我開心地想立刻離開，往房門的方向一看後僵在原地。

「克、克拉克……大人……？」

王子帶著微笑站在門前。

「嗨，蕾蒂，妳比我想得還要慢耶。」

克拉克大人朝我走來。

每當他往我靠近一步，我就往後退一步。

「把我的日記丟掉也太過分了吧？」

他往這邊走過來的途中，把我丟出去的日記本撿了起來。

「克、克拉克大人為什麼會在這裡？」

「當然是因為我想著蕾蒂希亞肯定會用這個暗門啊。」

啊哇哇哇哇，好恐怖好恐怖！

我對逐步逼近的克拉克大人感到恐懼。

「可愛的蕾蒂希亞自己來找我不是超棒的嗎？為此我也特地移到這個房間來。」

一看房內，確實可以看見床舖和桌子。

接著終於「咚」的一聲，他把我逼到牆邊了。

克拉克大人將我逼到牆邊後，就這樣從這邊的書櫃裡拿起一本書。

書櫃靜靜關上。

我的退路被斷了！

公爵千金蕾蒂希亞現在大概正面臨人生中最大的危機！

◇◇◇

被逼到牆邊的我，以及逼著我到牆邊的克拉克大人。

「來吧，蕾蒂，夜晚還很漫長。」

克拉克大人在一臉蒼白的我耳邊輕聲呢喃。

警告聲在我腦中不停作響。

美麗的臉龐直盯著我瞧。

好近好近好近好近！

我忍不住伸手擋在面前，但克拉克大人輕而易舉地抓住我的手。

別這樣，別邊看著我邊摸我的手！

「蕾蒂真的好可愛！」

聽他痴迷地對我這樣說，使得我的臉發熱。

「像這樣臉紅也好可愛。」

克拉克大人接著說：「我都說過好幾次了，還會臉紅啊？」

就算說再多次，會害臊的事情就是會害臊！

我知道克拉克大人這句話讓我的臉更熱了。

「唔唔唔唔唔。」

克拉克大人一臉幸福地看著只能呻吟的我。

老實說，我對戀愛毫無抵抗力。

因為我在理解情愛之前，就已經成為克拉克大人的未婚妻了。為了避免不忠當然得遠離所有男性，也就是說，我對這種甜膩的氣氛毫無經驗。

對於不僅沒有戀愛經驗，也從未與親人以外的異性接觸過的女性來說，這攻擊有點太難以招架。

我無法忍受，幾乎要哭了。

「請饒了我……」

發出的聲音幾乎聽不見，連自己都嚇一大跳。我至今從未想過自己竟然會發出這種虛弱的聲音。

克拉克大人摸了摸我的頭。所以我說了別這樣做！

「蕾蒂希亞。」

克拉克大人微笑。

「總而言之，我們先移動吧。」

「咦？」——在我發出這句話之前，克拉克大人將我打橫抱起。

「不要啊啊啊啊放我下去啦啦啦啦！」

「我馬上放妳下去。」

他這麼說著朝床鋪走去。

「不要啊啊啊啊還是別放我下去呀呀呀呀！」

「蕾蒂還真是任性呢。」

不對，這絕對不是任性。我只是拚了命遵從腦內響起的警告聲而已！

然而他沒有聽進我的主張，輕柔地將我放在床鋪上。

「蕾蒂希亞，我可愛的蕾蒂……」

他用著讓人身子酥軟的聲音細語。

克拉克大人把我放在床鋪上，用懸在我上方的姿勢朝我靠近。

這真真正正是很糟糕的狀況！

「這、這種事情，我認為婚前不能這樣做！」

我努力擠出聲音說完後，他表情驚訝地看著我。

「是啊。」

克拉克大人接著才恍然大悟地回答。

「妳放心，結婚前我不會碰妳。」

「咦？」

「結婚正式成為夫妻後和妳結合，是我的夢想。」

……原來你有這種夢想啊。

似乎脫離危機讓我全身無力。當我「呼」的一聲吐氣時，克拉克大人掬起我的頭髮。

「也會忍到結婚典禮那時才和妳接吻。」

他又接著說：「那也是我的夢想。」

我無法說出：「還真是充滿少女情懷的夢想呢。」

因為他掬起我的髮絲後，在上面印下一吻。

紅著一張臉，嘴巴只能張張闔闔的我肯定看起來很好笑。

克拉克大人不在乎我這副模樣地笑著說：

「但我會吻妳嘴唇以外的地方。」

這麼說完，他的嘴唇靠近我的臉頰。

響起「啾」的一聲，他的臉拉開距離。

「臉、臉、臉、臉頰……」

我驚慌失措地摀住被他偷香的臉頰，克拉克大人看起來相當開心。

「和妳這樣卿卿我我也是我的夢想。」

你別實現這個夢想啊！

◇◇◇

和他共度了一整晚。

我回到自己的房間後仍然呆滯。

順帶一提，克拉克大人去工作了。他似乎很忙。既然很忙，就拜託別來管我啊。

昨天糟透了。他就那樣除了嘴唇以外親遍我整張臉，對我傾訴愛意，撫摸我的身體，我還以為我的腦袋要沸騰了。

應該可以預料我怎麼了吧。

昏倒了。

完全過熱，無法承受。

因此，雖然並非我本意，我就這樣和克拉克大人甜甜蜜蜜地同床共枕了。

這件事很重要，所以我要強調。正如克拉克大人所宣示的，他沒有對我出手。多虧如此，我安穩熟睡到天明。

而忙碌的克拉克大人早晨對我訴說完愛意後便離去了。

值得感謝的是，我在沒人發現我昨晚和克拉克大人同床共眠中回到自己房間。

「呼」的一聲，我吐出一口氣。明明熟睡了一晚，為什麼還這麼疲憊？

我從椅子上站起身，試著移動桌子。

「呼嗯嗯嗯嗯嗯……」

桌子比外表看起來還要重！

「您在做什麼呢？」

瑪莉亞一臉困惑地走進房裡，推著擺上早餐的推車。這麼說來，我肚子餓了耶。

「瑪莉亞，妳可以幫幫忙嗎？」

「您為什麼要移動桌子呢？」

瑪莉亞微微歪頭。她的每個動作都好可愛。

「為了讓這扇暗門不能用。」

「這間房裡有暗門嗎！」

她的眼睛頓時閃閃發光。

「城堡裡果然會有這種東西呢！」

「是啊，沒錯，但那種事情現在不重要。」

「書拿起來之後門就會動，是典型的機關吧！」

瑪莉亞興奮地將克拉克大人的日記本抽出來。門隨之而動，瑪莉亞的眼睛則閃閃發亮。

「門打開了！」

「是啊，還真虧妳知道是那本書耶。」

「一目了然呀！」

瑪莉亞一眼就能看出來，這果然是個陷阱吧。輕而易舉就上當的自己好悲哀。

不理會心情變得悲傷的我，瑪莉亞窺探隔壁房間。

「這裡似乎是誰的房間耶。」

「是克拉克大人的房間。」

「什麼！」

瑪莉亞驚訝地睜大眼。

「他一直在隔壁房間嗎！」

「不，我也不知道從何時開始，不過克拉克大人昨天晚上在這裡。」

「是喔～」瑪莉亞發出呆傻的聲音，把書放回去關上門。

「他的愛真濃烈呢。」

「別說出來！」

「那麼，他來這個房間了嗎？還是您去那個房間了？」

「不要問！」

即使我摀住耳朵搖頭，瑪莉亞仍然無法壓抑她的好奇心。

「別再說了，快替我準備早餐！」

我這麼說完，瑪莉亞便不甘不願地做準備。她很忠於自己的工作。

「那麼，您為什麼想要移動桌子呢？」

「我想要把門擋住，讓門打不開。」

我老實回答後，瑪莉亞便一臉遺憾。

「難得有這扇門，擋起來不就太無趣了嗎？我認為維持原狀比較好。」

「妳是不是對我的狀況在看好戲啊？」

「對我們在底下工作的人來說，王公貴族的戀愛情事可是充滿魅力喔。」

「那種事情才與我無關！」

「還請您提供美妙的話題！」

「我絕對不要！」

「首先請您告訴我昨晚發生什麼事情了！」

「我才不會說！」

「夫人好壞心！」

瑪莉亞鼓起臉頰。雖然很可愛，但我無論如何都不會說。因為我要是說了，她絕對會告訴工作夥伴們。還有別叫我夫人。

「算了，我自己來就好，不用麻煩妳了！」

我邊怒吼邊試著移動桌子，不過一次只能移動幾公厘，我的手不停顫抖。

「夫人您啊……」

瑪莉亞收拾完早餐之後說：

「平常跟猴子沒兩樣，這種時候卻變得像小動物呢。」

「妳這句話是什麼意思！」

◇◇◇

結果瑪莉亞不肯幫我，我花了一整天移動桌子，才終於讓暗門無法打開。順帶一提，這張桌子不能用很不方便，所以我讓人另外準備了一張小桌子。

我揉捏痠痛的肌肉微笑著說：

「呵呵呵，這樣一來這扇門就打不開了呢，克拉克大人！」

我莫名地感覺充滿活力。他總是先發制人，我偶爾也想要先出招。克拉克大人發現這扇門打不開時肯定很驚訝，想像到那副模樣就讓我的心情雀躍起來。

不過代價應該是肌肉痠痛吧。

我真想說別用大理石做桌子，因為很重。

在我享用瑪莉亞臨走前替我泡的茶時，書櫃發出「喀答喀答」的聲響搖晃起來。

看吧，來了來了來了！

我開心地跑到書櫃旁邊。

書櫃劇烈搖晃，卻因為被桌子阻擋去路而無法動彈，只能發出「喀答喀答」的聲響。

最後終於停止搖動。似乎是克拉克大人放棄移動書櫃了。

「呵呵呵呵。」

我不禁發出笑聲。

「我終於贏了——！」

克拉克大人現在肯定很不甘心吧。這是至今捉弄我這麼多次的回禮。盡情品味人被捉弄的心情吧。

就在我心滿意足地坐回椅子上時，房門發出「喀嚓」的聲音。

咦？

我嚇得戒慎恐懼地看往聲音來源，只見房門緩緩打開。

克拉克大人帶著微笑登場。

大家懂我此時感受到的恐懼嗎？

他和先前不同，明顯相當不悅。

「蕾蒂。」

他用低沉的聲音呼喊我的名字。

「是、是……」

好恐怖，好恐怖！

我坐在椅子上發抖，克拉克大人走到我身邊來。房門在克拉克大人身後，暗門被桌子擋住了，萬事休矣。

就在我找不到其他可逃之路時，克拉克大人已經來到我面前，彎下腰和我的視線平行。

「蕾蒂，那是什麼？」

克拉克大人說著「那」字時，手指著被我堵死的暗門。

「是暗門呢。」

「蕾蒂。」

我知道，我知道他不是在問「那是什麼」，而是在問「那為什麼打不開」！

我努力試著讓抽搐的臉頰恢復正常，同時開口：

「我、我試著讓它……沒辦法打開……」

「為什麼？」

為了讓您沒辦法過來啦！我很想要這樣大聲說，卻害怕得說不出口。

為什麼只是一點小小的惡作劇，得承受如此大的怒氣啊！

我哀嘆自己的輕率。儘管我擅自以為只要關上暗門，克拉克大人就沒辦法過來，不過話又說回來，他能打開真正的房門啊。我犯這什麼愚蠢的錯誤。

「你想一想嘛，那個……就是……該怎麼說好呢？克拉克大人過來的話，會讓我很傷腦筋啊……」

「為什麼？」

「您問為什麼……」

我扭扭捏捏地低下頭。

「蕾蒂？」

所以說，您的臉每次都靠太近了啦！

美麗容顏近在呼吸可以打在我臉上的距離對心臟相當不好。我知道自己的臉急速發熱。

「因為……」

「因為？」

克拉克大人重複我說的話。

「您都會做一些讓我很害臊的事情，所以您過來我很傷腦筋！」

我拚命擠出聲音說完，克拉克大人一瞬間呆愣，不過立刻又咯咯發笑。

看吧，所以我才不想說嘛！

剛剛的不悅不知上哪裡去了，克拉克大人用雙手包住我的臉頰。別這樣，別固定住我的臉啦！

「這樣啊，這樣對妳，會讓妳感到害臊嗎？」

他一邊這麼說，一邊在我的臉頰印上一吻。

「噫噫噫噫噫噫噫！」

我尖叫的同時摀住臉頰，想要往後退時失去平衡。糟糕，我還坐在椅子上。

就在手足無措的我差點要跌下椅子前，克拉克大人迅速抱緊我。

我知道自己的心臟怦通怦通地跳。

「噫噫噫噫噫！」

我只能發出愚蠢的尖叫聲。

克拉克大人用臉頰磨蹭這樣的我。

「真是的，蕾蒂怎麼會說這麼可愛的話。」

我才沒有說什麼可愛的話！

雖然很想主張他誤解了，但被他緊緊抱在懷中，我也無法抗議。他磨蹭了我一會兒，大概是滿足了才放開我。我打從心底鬆了一口氣。

「蕾蒂還真容易害羞呢。」

拜託別這樣說。

「因為昨天的事情而害羞，想辦法不讓我過來，妳怎麼會這麼可愛。」

他心醉神迷地撫摸我的臉頰。

別這樣，再繼續說下去我連耳朵都要紅透了！

即使我雙手摀住耳朵，還是立刻被他拉下來。

「可愛的蕾蒂希亞，別擔心，我今後也會訴說我的愛意到妳都聽膩了。」

「不用了！」

我說得如此拚命，他卻開心地笑了。

「但是蕾蒂……」

他的聲音突然低沉幾分，我的身體跟著一顫。

克拉克大人手指暗門。

「妳今後要是再做出這種事情，我可能無法溫柔對待妳。」

噫噫噫噫噫噫！

他明明掛著笑容，眼中卻沒有絲毫笑意。我恐懼得再度全身顫抖。

「別再做這種事了，好嗎？」

他緊盯著我的眼問，我只能點點頭。

◇◇◇

結果我無法封鎖暗門。

雖然感到悲傷，克拉克大人又在我耳邊呢喃情話，使得我根本無暇哀嘆。

克拉克大人將桌子搬離書櫃，又對我情話綿綿一番後才離去。也太任性妄為了吧。

「哥哥，您不這麼認為嗎？」

「妳就為了說這種事情把我叫來嗎？」

哥哥一臉不悅地說。

順帶一提，雖然我不被允許外出，我可以找人來或是和訪客聊天。所以我就這樣把哥哥找來了。

「不，正事不是這個啦……」

「是什麼？」

在我躊躇之間哥哥一臉不耐煩。我覺得對親生妹妹這種態度很不可取。

「克拉克大人的性騷擾行為太過火了。」

我下定決心說出口，哥哥露出呆傻的表情。

「啥？」

「克拉克大人的性騷擾行為太過火了。」

「不是，妳不需要說兩次沒關係。」

在哥哥的制止下，我不再重複訴說。

「你們是未婚夫妻，那點小事別吵吵鬧鬧的。」

「可是我至今都對男性毫無抵抗力，這樣太過分了！」

「竟然說過分……」

「所以我想要增加我的抵抗力！」

「啥？」

聽到我的說詞，哥哥發出傻眼驚呼。

「大概是因為我沒抵抗力，所以克拉克大人覺得我很有趣！等到我習慣接觸男性，不再產生反應之後就沒問題了。」

「不對，應該很有問題。」

「所以哥哥……」

「拜託妳聽人說話啊！」

「幫幫我！」

我這麼說完握住哥哥的手。

「…………」

「…………」

「…………蕾蒂希亞。」

「…………哥哥，什麼事？」

我就這樣沉默不語，接著哥哥開口：

「妳這是在幹嘛？」

「為了增加對男性的抵抗力，我正在碰觸身為男性的哥哥。」

「…………妳的感想是？」

「沒有絲毫感覺。」

「廢話！」

哥哥大喊後拉開我握住他的手。

「在男性之前，我是妳的兄長，妳怎麼可能會對我臉紅心跳？」

「確實如此……」

確實有一番道理，於是我開始思考。

「那我找其他人嘗試。」

「千萬別這樣做。」

「但我的抵抗力……」

「別說了，放棄這種想法。」

哥哥認真地阻止我。

「聽好了，妳別做奇怪的事情，跟本人好好說。」

「我說過了，但是他不聽。」

「只是說還不行。」

哥哥把我叫到他身邊，咬耳朵跟我說作戰計畫。我聽完之後疑惑地看著哥哥。

「這樣真的有辦法解決嗎？」

「有辦法。絕對沒錯。」

哥哥點點頭。雖然我不認為這樣做就能解決問題，哥哥莫名地充滿自信。

總之我現在沒有其他辦法，只能試試看了。

我對哥哥點了點頭。

◇◇◇

克拉克大人從暗門過來我房間。

「克拉克大人。」

我一喊他，他便很開心地朝我走近。

「請您止步。」

我這麼說完，克拉克大人停下腳步。

「蕾蒂？」

可以聽見他語氣中帶著困惑。

我盡可能擺出憤怒的表情。

「克拉克大人，您對我的肢體接觸太過火了。」

我語氣堅定地說完，克拉克大人露出驚訝的表情。

「可是對未婚夫妻來說這樣很普通。」

「對我來說這一點也不普通！」

我強硬地說完，克拉克大人明顯沮喪起來。

「可是我好喜歡妳，會想要碰觸妳。」

「不可以。」

「蕾蒂。」

雖然他露出遭到拋棄的小狗一般的表情，我不會因此而心軟。我很生氣。

「如果您再繼續碰觸我，我一輩子都不喊克拉克大人的名字！」

克拉克大人屏息，身體踉蹌。

「一、一輩子？」

「一輩子。」

「這樣我會很傷腦筋……」

「那麼，今後禁止您碰觸我。」

克拉克大人欲言又止地看著我。

「不可以。」

我強硬地說。

「我知道了……」

這句話讓我鬆了一口氣。

他聽進去了！

「還、還有，要來我房間時請事先通知我。」

「我知道了……」

克拉克大人明顯心情低落，但這與我無關。這是他至今對我做出過分行為的懲罰！

「哥哥，謝謝您。」

我小聲向哥哥道謝。

『妳只要對克拉克大人說今後再也不喊他的名字就好，這麼做絕對能讓他接受妳的要求。妳要表現得很強勢，說出口的話也要強硬一點。如果沒表達出妳的認真，就沒意義。』

哥哥啊，您真的沒比我白白多活幾年。我至今一直以為您只是派不上任何用場的瘟神，但我在此訂正。

我生平第一次感謝哥哥。

◇◇◇

從那之後，王子不再碰觸我。
如此一來就能過上舒適的生活了。
我原本如此安心，實際上並非如此。
「蕾蒂，妳今天也非常可愛喔。」
克拉克大人和我一起喝茶，滿臉笑容地向我示好。
沒錯，我當時犯了一個錯誤。
那時也應該對他說，別再對我說這些甜言蜜語了。更進一步來說，我也應該要對他說，沒事別來這個房間。
我現在無比後悔。
雖然想再次使用那句魔法般的話語，我已經可以預料要是用太多次就會失效。
我犯傻了，只有這句話可說。
「蕾蒂希亞，妳可以讓我聽聽妳那美麗的聲音嗎？」
「我希望您閉嘴。」

「這點辦不到耶。」

他揚嘴微笑。

「唉……」我在他面前嘆氣。不管我的行為有多麼不敬，克拉克大人都不在意。

「蕾蒂希亞，妳是非常努力的人，我一直看著這樣的妳。」

「這樣啊。」

我敷衍拚命對我示好的克拉克大人，瑪莉亞在我背後躁動不安。她很喜歡別人的戀愛情事，大概無比在意我和克拉克大人之間的互動吧。

面對滿臉笑容訴說喜歡我哪一點的克拉克大人，我再度嘆氣。

◇◇◇

「所以說，妳覺得該如何是好？」

「呃，誰理妳啊？」

我對茶友布可愛說完，她不感興趣地回我。

「妳要不快點和他在一起，不然就澈底做到成功逃脫為止吧。」

「妳的回應真隨便耶。」

「順帶一提，我賭你們會在一起。」

「別拿別人的事情來賭博。」

我不悅地說，但布可愛一臉不在意地拿起點心。瑪莉亞在旁邊加茶水，滿臉笑容。

「我也賭了會在一起一把！」

「妳不能學會賭博！」

面對我的大喊，瑪莉亞眉開眼笑。

怎麼可以教壞天真無邪的小孩？我狠狠瞪了布可愛一眼，她事不關己地喝著茶。

「我認真覺得妳的煩惱一點也不重要，我對該怎麼追到妳哥哥比較有興趣。」

「妳把胸部往他身上壓如何？」

「妳還不是一樣根本沒打算給我建議？」

真沒禮貌，明明就是妳先不打算回答我的耶！

「不過話說回來，應該不可能要求王子不要甜言蜜語吧？」

「為什麼？」

我轉頭看向正在吃點心的布可愛，她一臉事不關己地咀嚼點心。

「假如不說甜言蜜語，要怎麼做才能讓對方喜歡上自己呢？」

「誰知道？」

「如果妳連這點也禁止，王子可能會心慌意亂到直接吃了妳不是嗎？」

「我不要！」

「那妳起碼替他準備一條退路嘛。」

聽布可愛說完，我不情願地點了點頭。

但是啊……

「從妳口中說出來，讓人很不想接受耶。」

「妳在找我吵架吧？」

「瑪莉亞，再來一杯～」

「聽人說話啦！」

就把累積的壓力發洩在布可愛身上吧。我如此決定，喝著瑪莉亞替我泡的茶。

◇◇◇

順帶一提，還沒放棄逃跑的我思考著新的逃脫手段並展開行動。

「嘿咻！」

我邊喊邊敲打。

我手上拿著壁爐的清灰鏟。其實我比較想要槌子，無奈在這裡無法入手。

「嘿咻！」

我邊喊邊敲打牆壁。我發現這房間的小衣帽間角落牆邊有修繕過的痕跡，這種地方通常都很脆弱。我瞄準那邊用力敲，果不其然，被我一點一點地敲出洞來。

好漫長。我花了三天才終於敲出一個洞，而這個洞現在逐漸變大。

我卯起幹勁用力一敲，這是最後一擊了。

丟掉清灰鏟，我往洞裡鑽。呵呵呵呵，我只要鑽出去，這次就真的自由了！

「嗯？」

蠕動著上半身鑽進洞裡後，我不禁發出聲音。

無法前進。

我全身血液倒流。

努力嘗試往前進仍動彈不得，想往後退也動不了。

糟了，大失敗。

我的血液伴隨著沙沙聲逆流。

怎麼回事？是洞太小了嗎？然而我已經把修繕的部分全部打掉，沒辦法繼續做些什麼了。既然如此，其他失敗的原因是什麼？不對，根本不用想。我不甘地咬緊唇瓣。

——我變胖了啦。

沒錯，被關在這裡以來，我沒什麼運動卻三餐豐盛，還有點心可以吃。我變胖了。確實變胖了。

如果是以前的體型絕對鑽得過去，但現在沒辦法了。

而且現在還面臨進退不得的狀態。

完了，要是被人看到我這副模樣，該怎麼辦啊？不對，在此之前我不想被任何人看見我這副蠢樣。

對於這個束手無策的狀況，我因為悲傷、不甘心及羞恥而哭了出來。

在我低聲啜泣時，後面傳來一個聲音。

「蕾蒂希亞。」

這道聽起來宛如天籟，也像惡魔的低語。

「克拉克大人……」

我哭著說話。很遺憾，我現在因為頭朝著洞裡，看不見他的表情。

「為什麼會變成這樣……」

他的聲音帶著困惑。是的、是的，我非常清楚有這種疑問的心情。

「我還以為能成功……」

交雜著不甘說完後，克拉克大人儘管困惑仍舊採取行動想要拯救我。

「只要把妳拉出來就好了吧？」

「大概。」

我的頭鑽在洞裡，所以只要把我往後拉，應該就能脫困才對。

「我喊一、二、三後，就往後拉喔？」

克拉克大人對我這樣說。

「一、二、三！」

克拉克大人抓住我的腳往後拉。

「好痛好痛！」

「但妳得忍耐才行。」

「不是，是我的腳好痛！」

不是卡在洞裡的部位，而是被他拉得腳很痛。

「抱、抱歉。」

克拉克大人道歉後放開我的腳。

「可以請您抱住我的腰嗎？」

「咦？」

我一提議，克拉克大人就困惑地發聲。

「可是，如此一來我也會碰到蕾蒂可愛的屁股。」

「您不需要用可愛之類的奇怪說法也沒關係。總之現在狀況危急，我允許您這麼做。」

「妳不會說我碰了妳，所以不喊我的名字吧？」

「不會。」

在現在這種狀況下，還有心思在意那個嗎！

「那麼……」

克拉克大人語帶緊張地把手放上我的腰。

「一、二、三！」

被用力一拉，好痛。

「蕾蒂希亞加油，稍微動一下了。」

「那真是太好了……」

「再來一次，一、二、三！」

我被他往後拉，因為疼痛而呻吟。反覆幾次以上動作後，我的身體慢慢回到房內。

「一、二、三！」

接著最後一拉，我終於從洞裡出來了。

出來之後最先看到的，是滿身大汗且髮型凌亂的克拉克大人。

我知道自己的淚水正一點一滴地再次浮上眼眶。

「蕾蒂。」

「克拉克大人。」

我現在應該很狼狽。可是我沒心思在意這一點，我第一次主動擁抱克拉克大人。

「我們成功了！」

「是啊，成功了！」

我們兩人感受莫名的成就感，緊緊地相擁在一起。

◇◇◇

在那之後，克拉克大人宣告要將牆壁修補得更嚴實。也是啦，我也能理解。

看著彼此狼狽不堪的模樣感到好笑的同時，克拉克大人讓人做入浴的準備。我們一身清爽後仍無法平息興奮的心情，互道：「那明天見！」「好的，明天見！」便各自上床睡覺。

接著一夜過後——

我現在羞恥得快要死掉了。

不對，根本不是說「那麼明天見」的時候吧？昨天的我到底在幹嘛啊？

被他看見身體卡在洞裡那種難以置信的狀態，把身為淑女不該有的狼狽模樣暴露在他面前的我，也已經是狼狽不堪的少女了。

早已讓他看見我爬樹等淑女千金不該有的行為，事到如今才說這個太晚了。倒不如說，我原本希望他看見我那副模樣可以對我感到厭煩，我現在卻沒有那樣乾脆將錯就錯的心思。都被克拉克大人看見那副慘不忍睹的模樣了，他會對我厭煩也不奇怪。反而可以說，如果事情真的變成那樣，應該要高呼萬歲。

我現在卻開心不起來。

真奇怪耶，我確實很羞恥沒錯，但只要不在意不就得了嗎？

我輕輕歪頭，但立刻甩甩頭想著：「現在不是思考這種事情的時候。」

既然說了「明天見」，克拉克大人今天大概會來。肯定會來。即使我希望只有今天可以拋下我不管，但他肯定會來。

我悶在被窩裡不斷想著該怎麼辦才好。如果有洞，我真想鑽進去。

接著我靈光一閃。

不是有洞嗎！

我立刻離開床鋪，脫下睡衣換上家居服。接著直線往地板的那扇門前進，打開後迅速鑽了進去。

不久前找到的地板收納空間。

儘管當時還想著為什麼要在這種地方做地板收納，我現在非常想誇獎做得太好了。

啊啊，心情好平靜。

我環抱雙膝坐著。沒有外人的空間比我想像得還要舒適，不一會兒便步入夢鄉。

當我再度醒來時，我聽到瑪莉亞的尖叫聲。

「夫、夫、夫人不見了啊啊啊啊啊啊！」

她的聲音仍然那麼響亮。

她尖叫之後，慌亂的腳步聲隨之響起。瑪莉亞似乎跑出去了。

「你有看見夫人嗎？」

「沒有，沒看見。」

「夫人——！」

她大概在對門前的士兵說話吧，士兵說完後瑪莉亞再度尖叫。

瑪莉亞的聲音非常響亮。多虧如此，我失蹤的消息立刻傳遍王城，不一會兒，城內已經展開大規模的搜尋，四處傳來呼喊「夫人」的聲音。我的內心焦急不已。

想出去也出不去了。

要是我現在突然跑出去會怎麼樣呢？肯定會讓大家傻眼，而且還會問我躲進這裡的理由。我無法說出：「因為很羞恥。」無法說出這種孩子氣的理由。

我原本只是想要甩開克拉克大人而已，完全失算了。不對，只是我太過輕率了而已。

「蕾蒂？」

正當我想著該怎麼辦時，聽到克拉克大人的聲音。

「蕾蒂希亞，妳在房內吧？」

因為在這房裡找不到我，搜索隊已經轉往其他地方搜尋的樣子。

「蕾蒂，現在只有我一個人，妳趁現在快點出來。」

如果只有克拉克大人一人，就表示沒有其他人，也不會讓人看見我躲在地板收納裡的愚蠢模樣。

可是因為還有昨晚的事情，要出去果然還是讓我感到躊躇。就在我拖拖拉拉時，腳步聲朝我靠近。

「在這裡嗎？」

克拉克大人拉開門。因為待在黑暗中好一段時間，刺眼的光線使我瞇上眼睛。

「蕾蒂。」

克拉克大人鬆了一口氣，雙手伸到我腋下抱著我起身。

「妳為什麼會躲在這裡……」

克拉克大人關上地板收納的門說。是的、是的，我很明白他想這樣問的心情。

「我只是想稍微一個人靜一靜而已……」

我沮喪地說完，克拉克大人微微歪著頭。

「為什麼？」

還真虧他問得出口耶。我如此心想注視著他，但他只是等我開口。我放棄掙扎開口說：

「因為我覺得很羞恥……」

「嗯？」

他又微微歪頭了。

我都說到這裡了，也該理解了吧！我這麼想自暴自棄地說：

「我覺得見到您會很尷尬！」

克拉克大人大受打擊似的手足無措。

「這、這表示，妳討厭我了嗎……」

「不是，不是那個意思！」

為什麼會變成那樣啦！

我紅著一張臉說：

「因、因為昨天讓您看到丟臉的一面，我只是覺得見到您會很尷尬啦！」

聽完我說的話，克拉克大人鬆了一口氣。

「蕾蒂，別擔心。妳的所有樣子我都愛。」

「我不是那個意思……」

我羞得摀住臉。如果非得把這件事說出口不可，那麼打從一開始就跟平常一樣見面不就好了？

「總之，昨天非常感謝您！」

「啊啊，不會，妳不用客氣。」

我道謝後，克拉克大人朝我微笑。

「昨天的事情請別對任何人說。」

「我當然不會說。那樣可愛的蕾蒂只有我一個人知道就好。」

「您不用迂迴地說那種奇怪的話。總之請千萬別外傳。」

「我知道了。」

我再三強調後，他對我點點頭。

我感到放心而吐出一口氣，克拉克大人便對我微笑。

唔唔，現在別對我笑啦……

正值脆弱時，美男子的笑容很恐怖。

我這樣想著別開眼，便看見瑪莉亞出現在門邊。

「啊——！找到夫人了！」

瑪莉亞邊大叫邊衝進房裡來。

她一臉憤怒地跑到我身邊後大聲說：

「如果您是因為想和王子卿卿我我才搞失蹤，還請您明說！」

「才不是！」

「卿卿我我……」

王子一臉開心地重複瑪莉亞說的話。慢了瑪莉亞一步進房的士兵也一臉無奈。

不是，不是這樣！

「我就說不是啦——！」

沒有人相信我說的話。

◇◇◇

我一步一步在走廊上前進。

沒錯，我現在正走在走廊上！

可是這並非我成功逃脫，我在士兵的包圍下走著。他們似乎為了防止我逃跑，森嚴到我倒退三尺。

旁人應該只會看見一個被士兵大叔包圍的千金小姐吧。這樣非常悶熱。不對，因為士兵們身材高大，或許看不見我。若是那樣，就只是一群大叔圍圈圈一起走。這樣更悶熱了。

我在這種悶熱的感受中抵達王城裡的某間房。這是我熟悉的房間。這次則為了防止我朝後方逃跑，士兵們往後退。如此一來我只能打開眼前的房門。他們做得這麼澈底，讓我再次倒退三尺。

「唉～」我嘆著氣打開門。

在裡頭等我的人開心地微笑。

「哎呀～蕾蒂妹妹，好久不見了呢～」

我關上門。

「蕾蒂妹妹～？討厭啦，蕾蒂妹妹在害羞嗎～？」門的另一頭，有位語尾愛拉長音的女性。我轉頭往後看，士兵對我投以悲憫的視線。

我承受這樣的視線，為自己打氣後再次打開門。

「王妃大人，在今日這般好日子……」

「討厭啦，不要說那種死板規矩的話啦～」

當我想要正式打招呼致意時，王妃大人——克拉克大人的母親——打斷我的話，招手要我到桌邊去。我順從她的動作，在桌旁的空位上坐下。

「呵呵呵，蕾蒂妹妹一點也沒變呢～」

語尾拉長音是這個人的習慣。不過她在外交場合上說話幹練，是能確實分清楚私生活與工作的人。

「那個，請問您有什麼事嗎？」

我一提出疑問，王妃便笑彎眼說：

「沒有啦～我只是想和兒媳婦說說話而已～」

她輕輕歪頭的可愛舉止，楚楚可憐得令人難以想像她有年紀那麼大的兒子。

「這樣啊。」

我只回答這句話，拿起身旁侍女替我倒的茶就口。

老實說，我很不擅長和這個人相處。

不是討厭，是不擅長。我不知道她在想什麼，也不知道我該怎麼做才好。

「討厭啦，蕾蒂妹妹真是的，妳不必這麼怕我沒關係啊～」

像這樣看穿我心事這點，我也很不擅長應付。她為什麼知道呢？

這點和克拉克大人一模一樣，讓人不禁心想他們果然是母子。

「我非常喜歡蕾蒂妹妹喔～？因為妳好可愛～所以，快點變成我的女兒好不好？」

「不要。」

「哎呀，討厭啦，毫不留情被拒絕了～」

王妃呵呵笑地喝著茶。真不愧是王妃，動作很優雅。

「可是我真的很喜歡蕾蒂妹妹喔～可以的話，我真心希望克拉克的對象不是其他女孩，而是妳。」

「不要。」

「妳好壞喔～」

臉頰氣鼓鼓的動作也好適合她。

「妳那麼認真地接受太子妃培訓～而且也已經很完美了呀～」

「那是為了不降低我們家的評價。」

「可是如果不是個性認真的人，根本做不到這件事吧～？」

王妃大人大概是真心誇獎我。即使這樣想，我也無法老實接受。因為我不是滿心歡喜接受那個培訓。

「蕾蒂妹妹挺固執的呢～這點也很棒就是了啦～」

「多謝誇獎。」

「哎呀～我剛剛可不是在誇獎妳耶～」

王妃呵呵笑道。

「吶，蕾蒂妹妹啊？」

「有什麼事嗎？」

「妳對克拉克有什麼想法？」

「我覺得他很纏人。」

「還真老實耶～」

王妃大人看起來相當愉悅。

「說的也是～那他的容貌呢？」

「咦？」

「所以說～妳覺得克拉克的容貌如何？」

這應該老實回答比較好嗎？不對，不老實回答不行吧。這個人能立刻看穿我的謊言。

「我認為他的容貌很美。」

「也就是說，長相符合妳的喜好吧～」

我沒有這樣說。

「那聲音呢？」

「……我認為他的聲音很好聽。」

「這也符合妳的喜好吧～」

她可以別這樣說話嗎？王妃繼續對坐立不安的我提問。

「那他那個強硬的個性呢？」

「…………我很討厭。」

「是喔～這樣啊～」

她到底想說什麼！

我盯著王妃看，希望她別再這樣滿臉竊笑，但她似乎沒有停止的意思。

「嗯，我大致理解了～」

王妃這麼說完，往嘴裡送入一口蛋糕。

「因為克拉克是妳的初戀嘛。」

我看著王妃邊這樣說話邊吃蛋糕，嚇得目瞪口呆。

「初……？」

我反芻王妃說出口的話。

初戀初戀初戀初戀初戀初戀——

初戀？

王妃十分愉悅地看著嚇得張大嘴，一臉呆樣的我。

「您、您這是什麼意思？」

「妳果然不記得了呢～」

王妃優雅地呵呵笑，我感到無比混亂。侍女在一旁靜靜地替我倒茶。

「那是妳和克拉克訂婚後第一次來這裡發生的事情～」

王妃喝著侍女替她倒的茶。

「那天還只有見面，妳也對下一任王妃的意思不太了解，喧鬧得相當開心～」

我曾經喧鬧得很開心……？

我試著喚起遙遠的回憶，但是完全想不起來。

「見面時也用可愛的表情歡天喜地說：『我要跟這個很帥的人結婚嗎？太棒了！』真的好可愛～」

王妃注視著遠方懷念往昔。

「之後我們讓你們兩個到中庭散步～就是所謂的『剩下的就讓年輕人自己來』啦～」

王妃笑著說：「兩個可愛的人兒氣氛融洽地在中庭裡散步也好可愛喔～」

「妳想拿中庭裡盛開的花做花環卻失敗，結果哭了出來。克拉克看到之後，替妳重新做了一個戴在妳頭上～」

王妃的腦袋似乎已經回到過去，露出幸福的表情。

「然後妳就停止哭泣，睜大妳的眼睛呆呆看著微笑的克拉克，接著朝他的臉頰親了一下呢～妳說著：『我最喜歡克拉克大人了。』還飛撲上去。啊～真的好可愛。那還是我第一次看見他人墜入情海的瞬間呢～」

「那、那種事……」

雖然我很想說：「不可能有這種事。」但我也不確定。

王妃微笑著說：

「所以，妳應該並非完全不喜歡克拉克才對吧～」

王妃對著啞口無言的我微笑。

「嗯，我大致了解了，這話題就說到這邊，我們吃蛋糕吧？這可是只能在鄰國首都買到的喲～」

王妃邊說邊勸我吃蛋糕，我心懷感激地接受。

坦白講，我根本食不知味。

◇◇◇

我再次在大叔士兵們的包圍下步行。
當我抱著無法言喻的心情時，正好經過中庭附近。
我拜託士兵們說我想去中庭，他們雖然有點不願意，最後還是順利抵達中庭了。
我在中庭蹲下身，摘下花朵編起花環，但遲遲沒辦法編好。我這才想到我從以前就特別不擅長弄這個。
我最後放棄，把未完成的花環丟到一邊。
我丟出去的瞬間，一位士兵在我身邊坐下。喂喂喂，我再怎麼樣也是王子的未婚妻，不可以坐在我旁邊啦——正當我如此心想時，穿戴鎧甲的手製作出漂亮的花環。這個人的手也太巧了吧。
花環在我的注視下完成，接著被戴在了我頭上。
「蕾蒂，妳戴起來很好看喔。」
聽到低沉的聲音，我嚇了一跳。
「克、克拉克大人？」

「是我沒錯。」

他很乾脆地坦承了自己的真實身分。

「你、你為什麼要扮成士兵……」

「因為我想著只是追著妳跑，妳也差不多要膩了，所以換換口味。」

「不，我並沒有追求這種東西。」

「這樣啊。」

他這麼說完脫下鎧甲。

「這個意外地悶熱呢。」

「是啊，我想也是……」

明明有一張好容顏，為什麼要做這種蠢事啊？

「我以前曾經編過花環給妳。」

克拉克大人這句話令我動搖不已。他說的肯定是王妃在對話中提到的那件事。

「我非常開心。第一次愛上的對象成為我的未婚妻，還對我說她最喜歡我了。」

克拉克大人懷念地露出微笑。

「可是在那之後妳開始太子妃培訓，就再也不曾對我笑了。我即使對妳深感抱歉也無法放手。」

克拉克大人稍微朝我靠近。

「對不起。即使如此我還是愛著妳。」

他的表情很認真。我感覺自己的心跳瞬間加速。

「我……」

「我？」

「我要回去了！」

我這麼說完站起身。克拉克大人儘管露出悲傷的表情，同樣站起身。

「那我送妳吧。對了，你們可以不用再跟了。」

克拉克大人讓大叔士兵們退下。

我們倆一語不發地走在返回房間的路上，身旁傳來鎧甲摩擦的聲響。我偷偷瞥了一眼，大概是因為鎧甲很悶熱，克拉克大人微微冒出汗水，使我的心頭跳了一下。

我慌慌張張地搖頭。雖然克拉克大人感到不可思議，卻沒有深問。

抵達房間，克拉克大人替我打開門。

「蕾蒂。」

克拉克大人伸手想摸我的臉頰，但在碰到我之前又猛然回神抽回手。大概是因為我先前要他別碰觸我。

「……祝妳有個好夢。」

這麼說完，克拉克大人帶著悲傷的表情關上門。

「夫人，我來替您準備晚餐。」

瑪莉亞絲毫沒察覺我複雜的心情，滿臉笑意地將晚餐擺上桌，我則在椅子上坐下。

「我……」

「我？」

瑪莉亞重複我的話。我將叉子一把刺進牛排肉裡。

「我才不會因為這樣就被綁住！」

聽見我大喊，瑪莉亞不解地歪頭。

◇◇◇

「蕾蒂希亞大人，今天非常感謝您的邀約。」

「達普多伯爵，我才要感謝您特地遠道而來。」

我握住中年微胖男子伸出來的手。

今天是王家主辦的派對。

身為克拉克大人的未婚妻，我已經習慣像這樣以王族的身分接待賓客。不過我有話想說。我還沒有結婚，所以不是我邀請你的。

然而我不能把這句話說出口。我隱藏內心的話堆起滿臉微笑。

克拉克大人在我身邊，動作非常優雅地應對貴族。我知道千金小姐們正不停地偷瞄他，受歡迎的男人真好耶。

在招呼問候完一輪後，我和克拉克大人一起到王族的座位坐下。即使我不停重申自己並非王族，他們從沒聽進我的意見過。

順帶一提，這場派對是我和王子的正式訂婚派對。七歲時當然也舉辦過訂婚派對，但主角怎麼說都還是孩子，只辦了很輕鬆的派對。長大成人的現在，為了重新向世人鄭重宣布我是王子的未婚妻，因而舉辦了派對。

這是在製造麻煩。非常大的麻煩。

我至今都會出席派對，大家也都認識我，根本沒必要舉辦。我聽說一樁歸一樁，卻不清楚哪裡不一樣。

企劃提案這場派對的人是我哥哥。可惡的哥哥，他一定打著這樣一來就能封住我退路的主意。好卑鄙，太卑鄙了。我怨恨地看著哥哥，但哥哥看起來相當開心地掛著笑容。可惡，如果不是在這種場合，我就會瞪他了。完美掌握太子妃培訓的我沒外顯不悅，對著賓客露出滿臉笑容。

唔唔唔唔唔唔！全都是培訓帶來的壞影響啊啊啊啊啊！

我內心咬牙切齒，現實中展露微笑。演員，我是完美的演員。

布可愛自然地占據哥哥身邊的位置。真有一套，不愧是布可愛。

「各位，今日辛苦大家遠道而來。」

充滿福態的國王大聲說。我重新認知到克拉克大人果然像母親。

「儘管我想這已經是眾所皆知的事情了，還是讓我重新鄭重地向大家宣布，我的兒子克拉克與道曼公爵的女兒蕾蒂希亞小姐訂下婚約了。」

不需要宣布，別做多餘的事情。

「那麼就讓我們祝福兩人的婚約。」

國王拿起紅葡萄酒，其他貴族也跟著拿起紅葡萄酒。而我當然也拿起酒杯。

「乾杯！」

國王說完大家一起說：「乾杯！」然後飲下紅葡萄酒。

那麼，接下來就是一邊和偶爾會上前來的賓客閒話家常，一邊吃美味餐點。肉好好吃。

最近每天都吃王宮料理，但今天的餐點又特別卯足了幹勁。

「蕾蒂希亞，注意別吃太多了。」

身旁的克拉克大人小聲警告我。我用視線表達：「我知道啦。」他的臉就有點紅。好奇怪，剛剛的舉止應該沒有任何臉紅要素才對，他誤會什麼了？

然而我的本能告訴我不能問，我便不在意地繼續用餐了。由於偶爾會有賓客來恭喜我們，以至於不能好好進食，真的好悲傷。

我一點一點地進食，當我順利吃飽時，鋼琴樂聲響起。

跳舞的時間到了。

克拉克大人朝我伸出手，我把手輕輕交疊上去。由於我們是主角，非得下場跳舞不可。

就這樣走向大廳中央，我聽見大家的嘆息。

動作熟練地跳著舞的克拉克大人，以及隨著他領舞而翩翩起舞的我。我們從以前就經常這樣做，但這是我聽聞克拉克大人的愛意後第一次和他共舞，莫名地緊張起來。

我擔心自己有沒有冒手汗，克拉克大人看著我露出痴迷的微笑。接著又從外邊傳來驚呼的嘆息聲，他環在我腰上的手也更加用力。

我無法別開視線，也無法從害臊中逃脫，拚命地擠出笑容。我只能不停祈禱，拜託自己千萬別臉紅。

即使一曲舞畢鬆了一口氣，克拉克大人依舊沒放開我的手。平常總是跳一曲就結束，今天竟然直接跳起第二支舞。

我內心無比驚慌，但實際上無能為力。每當克拉克大人超乎必要地把我的身體拉近他，就讓我想尖叫。雖然他一臉無比幸福的表情，對我擺出這表情卻讓我傷腦筋。

「蕾蒂。」

他不時用幾乎融化人的聲音呼喚我的名字，每次都讓我以為心臟要跳出來了。

「蕾蒂。」

第二首曲子結束前，他沒讓周遭的人發現，在我的頭頂留下一吻。

我已經到極限了。克拉克大人想繼續跳第三支舞，我輕輕鬆開手說：

「我去補個妝。」

在他笑著留住我之前迅速退開。

我抵達洗手間後吐了一口氣。

「魅力……拜託節制一下性感魅力好不好……」

我不禁脫口而出，嚇得四處張望，好險在場空無一人。

雖然鬆了一口氣，一想到我離席的現在肯定有許多千金小姐靠近克拉克大人，就讓我胸口湧上無以言喻的煩躁感。

克拉克大人要和哪位千金小姐做什麼應該都是他的自由才對，我以前明明反而會對此感到開心。

不對不對不對，太奇怪了太奇怪了。

我搖頭甩開自己難以置信的想像與感情。

我重新振奮後走出走廊，發現有人在走廊上。咦？是哪位貴族呢？我不曾見過，所以是外國人嗎？正當我如此思考時，我的意識突然中斷。

再次醒來時，我人在馬車上。

雖然心想著：「不會吧？」但應該就是那個不會吧。

道曼公爵千金蕾蒂希亞，十七歲。有生以來第一次被綁架了。

◇◇◇

當我認知到自己被綁架後，映入眼簾的是位外貌姣好的少年。

少年看見我露出驚訝的表情，張開他漂亮的嘴說：

「妳……」

少年的嘴在發顫。

「妳是誰啊？」

綁匪對著肉票問：「妳是誰？」是怎麼一回事？

我想要說話，這才發現我只能支支吾吾。我被堵住嘴巴了！

我拚命發出聲音表達怒意，可惡！只能發出唔唔聲啊！

美少年絲毫不理會我，對我身邊的人說話。話說回來我身邊原來還有另一個人嗎！

「咦……這是您交代我帶來的人……」

身邊的青年理所當然地回答，少年不耐煩地咂嘴。

「這個！哪裡是！我要你帶來的人！」

他叫我「這個」。我很不爽，給我訂正！

「因為……她的特徵和殿下說的一樣……」

青年不服氣地說。少年瞥了我一眼後，粗暴地轉過頭去。

「髮色之類的特徵確實一樣。但是，完完！全全！不同！」

不用那麼用力說也沒關係吧？我邊想邊看著少年，少年一看到我又咂嘴了。

「這個！哪裡是！瑪莉亞啊！她連瑪莉亞的一丁點可愛都沒有！」

喂、喂，給我訂正。我可是全身上下都充滿了可愛，給我訂正。

然而我理解狀況了。看來我被誤認成瑪莉亞而遭到綁架，真是給人添麻煩。

「那你自己去做不就得了嗎……」

青年聲音低沉地碎碎唸之後嚇得轉過來看我。少年似乎沒有聽見，繼續接著說：

「你到底是怎樣才會把這個小不點和可愛的瑪莉亞搞錯啊！你眼睛爛掉了嗎！真是沒用的傢伙。」

給我訂正！給我把小不點訂正過來！

我對他毫不客氣的批評支支吾吾地抱怨，但是完全不被當作一回事。給我訂正！

「不過現實問題是已經搞錯，把人綁了出來，於事無補了。該怎麼辦？而且話說到底，假如您要說成這樣，為什麼把她放上馬車時沒有發現？」

青年一說完，少年便咬牙切齒。

「我想著總之得儘早離開，所以沒有仔細確認，這也是沒辦法的啊！……話說回來這傢伙是誰啊？」

咦咦咦咦——事到如今還問這個？

少年瞄了我一眼，我支支吾吾地想自報名號，但果然沒人聽懂。青年與少年面面相覷。

「……總之，得先得到情報才行。」

「說的也是……」

少年點頭後，青年拿下綁在我嘴巴上的布，我用力吸了一口氣，接著凶惡地瞪著少年。

「現在立刻帶我回去！你被稱為殿下，所以是某個國家的王族對吧？這可是會引發嚴重的問題喔！」

「不過只是綁了個低階貴族，怎樣都能解決。妳快報上名來。」

可惡！這狂妄的死小鬼！

「我是道曼公爵的女兒蕾蒂希亞。是亞斯達爾王國王太子克拉克殿下的未婚妻。」

雖然非我本意！

我一說完，兩人嚇得張大嘴，立刻白了一張臉。

「王、王子的……未婚妻……」

「沒錯。」

我不悅地回答後，兩人臉色蒼白地僵在原地。

「所以我說了吧？外國王族擄走友國王族的未婚妻會發展成什麼樣的狀況，你們應該沒有笨到無法預想吧？」

這兩人會在那場派對中擄人，肯定是哪個受邀友國的王族。我一說完，兩人面面相覷。

「怎麼辦？現在送她回去能平息風波嗎？」

「不，應該沒辦法。假如王子的未婚妻失蹤了，應該會立刻引起騷動。」

「說的也是……」

「乾脆把她隨便丟在這裡吧。」

「就這樣做！」

「等等等等等等等！」

看見少年眼睛閃閃發亮地同意青年的提議，我連忙阻止。

「你們兩個應該不是無法預料，把身穿華麗禮服配戴珠寶的女性丟在這種陰暗的路上會發生什麼事吧？」

我不能讓自己遭到山賊襲擊而結束一生。我拚命對兩人訴說，但他們兩人互看一眼後點了點頭。

「只要我們和自己的國家能平安，那就沒關係了。」

「你們不是人——！」

我大喊：「不要！」努力抵抗，但對手是兩個男人。而且我的手被反綁在身後，無法做出能說是抵抗的掙扎，被他們兩人抱了起來。糟糕糟糕糟糕，他們是認真的！

我腦袋大為混亂仍拚命思考。會死會死會死！啊！

「我、我知道瑪莉亞人在哪裡！」

擺出準備把我拋出去姿勢的兩個男人停下動作。

「……………妳沒騙人吧？」

「沒騙人沒騙人我每天都會見到她！」

「什麼！」

我這句話讓男人再度將我放回馬車裡。我鬆了一口氣。

少年坐立不安，青年則一臉不感興趣。想要瑪莉亞的大概只有這個少年。

我一邊在心中對瑪莉亞道歉一邊想著：「總之可以快點替我將綁痛的手腕解開來嗎？」

◇◇◇

「那時瑪莉亞如天使般握著我的手微笑我看見那個笑容後就愛上她了難以想像世上竟有如此美麗的人。」

少年沒完沒了地說，我非常後悔。

我只是問他和瑪莉亞是什麼關係，少年卻像要說一個愛情故事給我聽一樣，開始無止盡地說話。在那之後他起碼唱獨角戲唱了一小時吧。

我一臉疲憊地看了身邊的青年一眼，他也和我帶著相同的表情。

「瑪莉亞的手好小好柔嫩但因為我當時年紀還小她的手完全包裹住我的手。」

而且都說這麼久了，故事絲毫沒有推進的跡象。到目前為止從少年的話中唯一得知的事情，就是「他非常喜歡瑪莉亞」。

我表情疲憊地對青年說：

「你可以替我摘要這個故事的大綱嗎？」

「說的也是……」

我感覺看不見盡頭便如此提議，青年點了點頭。

「這位大人是德爾波蘭王國的第三王子路易殿下。他們兩人相識於距今五年前，殿下八歲，瑪莉亞十二歲，她是我國的伯爵千金。」

「沒想到她竟然是貴族！」

我被這衝擊性的事實嚇到，青年不理會我繼續說：

「瑪莉亞以實習隨從的身分來到王城，在那裡蒙受路易殿下青睞，兩人很快就打成一片。他們的感情很好，王城內的大家都莞爾看著宛如姊弟的兩人。」

「不對！這邊給我訂正為宛如情侶！」

在我們兩人說話的期間也毫不在意地持續自言自語的少年，厲害地抓出關鍵字要求青年修正。

「……王城內的大家都莞爾看著宛如情侶的兩人。」

青年非常不情願地修正後，少年滿意地昂首挺胸，讓我不禁傻眼他居然聽到這種說法就滿足了。

少年轉過來看見表情傻眼的我，這次改對我發怒說：

「我在說我和瑪莉亞之間的事情，妳沒聽我說話是什麼意思！給我仔細聽！」

「因為我完全抓不到重點啊。」

「我還沒說夠耶。」

「已經夠多了吧？再這樣下去，可能還沒想出對策就已經抵達你們國家了，不是嗎？」

我一點出問題，少年儘管不悅還是說：「這就沒辦法了。」然後閉嘴。真的希望他可以振作點。就這樣在沒商量好的情況下抵達德爾波蘭王國，我們也沒辦法串供，轉眼間就會發展成國際問題。

少年——是路易王子對吧？看見路易王子冷靜下來後，青年繼續說：

「然而在那之後，瑪莉亞家裡因為投資失敗而沒落，感情要好的兩人也被迫分離。伯爵家沒落後，家主因為飲酒過量逝世，瑪莉亞的母親帶著瑪莉亞回到娘家的亞斯達爾王國。」

真是命運乖舛。瑪莉亞，在說貴族的愛情故事之前，妳的人生更足以寫成小說。

「殿下在那之後大吵大鬧，相當折騰人。我們安撫他只要他長大，就能再見到瑪莉亞。他為了早點被認可為大人後迎接瑪莉亞，學業與公務都比他人加倍努力。」

「可以誇獎我喔！」

「絕對不要。」

「沒禮貌的傢伙！」

我對著自信滿滿發出「哼哼」聲響的路易王子明確表達意志之後，他又生氣了。這孩子還真容易生氣，哪裡有大人樣了？

「殿下查出瑪莉亞在亞斯達爾王國內當侍女的消息後，主張自己已是大人，所以要去迎接瑪莉亞。正好此時，路易殿下收到派對的邀請函，因此殿下主張只要在派對上將瑪莉亞擄走就好，才會發展成這種事態。」

「為什麼會出現擄人的想法啊？」

「因為我認為這是一箭雙鵰的計策。」

「哪來的理論啊！」

我詢問絲毫不覺得自己有錯的路易王子，但他沒有回答我，反而是青年抱著頭。

「妳也這樣想對吧？我當然反對過了喔？可是這個愚蠢王子就是不願意改變主意。」

「愚蠢是什麼意思！」

「就是字面上的意思。」

「喂，你這傢伙！」

「啊，我是殿下的隨從萊爾。」

「啊，你好。」

「你們別自我介紹啦！」

我回握萊爾朝我伸出的手，路易王子便發出怒吼。他就不能冷靜一點嗎？

「算了，總之我了解事情的始末了。」

我看著路易王子。

「完全是你單相思對吧？」

「才、才不是！」

極力否認的路易王子慌慌張張地揮動雙手。

「我絕對不是想著她不把我當男人看只當我是弟弟所以總之先把她擄來試圖讓情況好轉絕對沒這個意思！」

這等於坦言自己有這個想法了嘛。

我用看著可憐蟲的心情看著路易王子。他大概察覺到我的心思，立刻端正姿勢。

「我明白路易王子是很可憐的少年了。」

「別叫我少年。」

「你現在是想要裝大人的年齡吧？」

「住口。」

他露出真心厭惡的表情。這名少年有夠不老實。

「不過我理解你的狀況了，再來得談論接下來該怎麼辦。」

總算進入正題。我一說完，兩人嚥了嚥口水。

「總而言之，先從解開我手上的繩索開始吧。」

◇◇◇

我十分憤慨。

「所以說！」

「咚」的一聲，我把酒杯用力砸在晃個不停的爛桌子上面。

「聽受害者的話啦！」

「才不要！」

路易王子斬釘截鐵地否定。可惡，這個死小鬼！

我們現在人在旅店裡。除了商討事情也順便用餐，因為發生許多事情讓我肚子餓了。雖然在派對上吃過了，但沒問題。應該沒問題。

然後，我們意見分歧得幾乎教人驚訝。

我的主張：

「我想要就這樣讓你們帶回國，你們給我一筆錢當作綁架我的賠償金，然後我想直接過庶民生活。你們該以受害者的意見為最優先。」

萊爾的主張：

「以我們在回國途中發現遭到賊人綁架的蕾蒂希亞大人後保護了妳的形式送妳回國，作為謝禮提及瑪莉亞和路易王子的婚事。除此之外，我希望自己能不被問罪。」

路易王子的主張：

「只要可以得到瑪莉亞，怎麼樣都行。」

萊爾的提案最不人道。

「太過分了太過分了！我白白被綁架了嘛！」

我再次拿起桌上的酒一口飲下。這是我第一次喝庶民的啤酒，還挺好喝的。

「不過必須和平解決才行。」

萊爾邊說邊吃沙拉。

「喂，這不用叉子嗎？」

路易王子一臉疑惑地看著料理。

「那要直接用手抓來吃。你不知道庶民的飲食文化嗎？」

「我從小到大都住在王城，怎麼可能會知道啊？」

這樣說也是。我為了不結婚後即使過著庶民生活也能活下去，相當熟悉庶民飲食。

「路易殿下不知民間疾苦呢。」

「喂。」

「我知道。」

「喂。」

大概不爽被人說不知民間疾苦吧，路易王子絲毫不隱瞞不悅的表情。

「畢竟在這個不知何時會被追兵追上的狀況下，還主張：『無法入浴簡直難以置信。』堅持要在剛好經過的村莊住宿，我認為這種人很不知民間疾苦。」

如果追兵現在追到這個村莊來，各種意義下都完蛋了。

萊爾也頻頻點頭贊同我的意見。

「無法洗淨一天的汙穢未免太骯髒了！」

「喂，忍耐一下吧！」

「我無法忍受！其實連這種有點髒的旅店也無法忍受！」

「噓！王子噓！不可以說得那麼大聲！」

旅店的人聽到王子的話之後狠狠瞪來，我和他對上眼。拜託看氣氛啦！

我斥責王子後，他要我別把他當小孩看。如果不想被人當小孩看，就當個大人啊！

「總之我們明天先回我的國家。」

王子一邊和不習慣的飲食奮戰一邊說。

「為什麼？」

「妳和萊爾的提議都是回國後再處理也沒問題。抵達我國前還有一點時間，這段時間內好好商量該怎麼處理彼此的提議就好。」

我和萊爾面面相覷。

「殿、殿下……」

萊爾開口說。

「該不會是太不習慣庶民飲食讓你發瘋了吧？」

我說。

「妳在嘲笑我嗎！」

我明明只是驚訝王子突然說出這麼有智慧的話而已，他卻又怒吼了。

◇◇◇

那麼，眼前的問題是房間分配。

小小旅店的生意頗好，我們只要到兩個房間。

我的主張：

「你們是王子和隨從，你們倆睡同一間房吧。」

路易王子的主張：

「要我跟別人同房不可能。」

萊爾的主張：

「被當成礙事者好痛苦。」

他看起來很悲傷，但我也不能退讓。

「怎麼可以讓妙齡男女共度一晚呢？」

「別擔心，妳毫無吸引力！」

「你說什麼！給我訂正！我可是充滿吸引力！充滿女性魅力！」

「完全找不到絲毫女性魅力。」

「可惡！」

這令人火大的死小鬼！

「您們倆別顧著自己說話……」

「萊爾……」

萊爾一臉快哭出來的模樣說。我和路易王子則面面相覷。

「真是沒辦法。」

「沒辦法了。」

聽到我和路易王子的話，萊爾開心地抬起頭。

「你負責守門。」

「要好好地守在門前喔。」

萊爾看著我和路易王子露出絕望的表情，但那肯定是錯覺。

◇◇◇

洗完澡全身清爽後，我下定決心。

「好，逃跑吧。」

我還以為沒錢就沒辦法逃跑，幸好現在有鄰國王子這個小富翁在。就算我偷偷從隨從萊爾身上扒走錢，他大概也沒有發現。

雖然抵達鄰國後會再重新商討，他們絕對不可能採納我的提議。

為了住在這旅店也不會太醒目，我們買了庶民的衣服換上，所以沒問題。倒不如說這樣正好很好活動。

「王子，萊爾，我玩得相當開心喔。」

我一人喃喃自語，然後把手擺上窗檯。我當然選擇了離樹木較近的房間。

我一打開窗戶就聞到鄉村特有的氣味。我喜歡這個氣味，深吸一口氣充滿胸腔。

才這樣想著，萊爾突然衝進房裡急忙關上門。

「咦……？」

我發出愚蠢的驚呼。

原以為他是來侵犯我的，實際上並非如此。他驚慌得說不出話來，跌坐在地上。接著，萊爾關上的門再度打開，有人隨之現身。

「克、克拉克大人……？」

緩步踏入房內的克拉克大人臉上掛著燦爛的笑容。好恐怖。

「蕾蒂希亞，這是怎麼一回事呢？」

克拉克大人越過萊爾，轉眼間就走到我身邊來，雙手擺在我的肩膀上。

「妳和我以外的男性外宿，是怎麼一回事呢？」

「咦！重點在這裡嗎！」

還以為他在問我為什麼會被綁架，似乎並非如此。

面對他出乎意料的提問使我不知所措。當我想著老實說我被綁架就好而準備開口時，萊爾搶在我前面大喊：

「我、我們在路上發現蕾蒂希亞小姐遭到綁架，所以出手保護了她！」

啊！這傢伙只顧著自己，打算用他剛剛提議的那套說詞！

「才不是！這些人搞錯我和瑪莉亞，綁架了我！」

「不是！我們保護了小姐！順帶一提，蕾蒂希亞小姐希望我們就這樣帶著她逃跑！」

「啊——！你這個叛徒——！」

「我很愛惜自己的小命！」

萊爾很拚命，跪著請求克拉克大人的原諒。

「我只是保護了小姐而已！」

「才不是！」

「保護了！」

「才不是！」

「保護了！」

「才不唔唔唔……」

就像要打斷我和萊爾的爭執，克拉克大人摀住我的嘴。

「看你們倆變得相當要好嘛。」

才沒有！不管怎麼看，我們都是在吵架！

克拉克大人的視線從悶聲控訴才沒這回事的我身上別開，瞥了萊爾一眼。

「等回到王城再聽你們怎麼說。」

克拉克大人滿臉笑容。萊爾在發抖。我也在發抖。

外頭傳來「噠噠噠噠」的腳步聲，房門再度被打開。

「這間旅店竟然沒有幫忙盥洗的人，快給我想想辦法！喂，這是怎麼一回事！」

說出這種不知民間疾苦主張的人，就是綁架我的凶手。

「啊。」

他打開門後立刻理解狀況了吧，路易王子一臉鐵青。

所以說！我就說了別找旅店住宿嘛！

路易王子雖然一臉鐵青，仍舊行了王族之禮。

「我是德爾波蘭王國的第三王子路易。」

展露王族風範的路易王子英姿凜然。

「我們發現蕾蒂希亞小姐遭到綁架，因此保護了她。沒能即時通知您，真的很抱歉。」

「啊——！你果然背叛我了——！」

我一大叫，路易王子便瞪著我，彷彿要我閉嘴。不過誰要閉嘴啊！

「克拉克大人！真的是這些人綁架我的！懲罰他們！我要求懲罰他們！」

「請、請等等！」

「哼，萊爾，你這個叛徒！既然如此，我也要背叛你們！」

想出賣我，絕不會讓你們稱心如意！要下地獄就一起下地獄！

「我明白了。總之今晚先在這裡住下吧。」

「咦？可是沒有房間……」

「不是有兩間房嗎？」

克拉克大人摸著我瞠目結舌的臉。

「路易閣下，非常不好意思，請你和那位隨從住一間房，我要和蕾蒂希亞一起住。」

不、不要！

我如此想著，拚命朝路易王子搖頭示意，但路易王子一臉不情願地讓萊爾起身，一起回到隔壁房間。

啊啊，等等啊！別丟下我一個人！

雖然這樣想著，房門還是無情地關上了。

「蕾蒂。」

克拉克大人將我抱到懷裡。明、明明約好不能碰觸我的！

「我好擔心妳……」

他的聲音超乎我想像得緊張，我嚇得看著他。

對耶，我被綁架了。只是剛好對方無害，但克拉克大人不知道這件事。他抱著什麼樣的心情來到這裡呢？

「對不起……」

我老實地表達抱歉的心情，克拉克大人緊緊地抱住我。

維持這樣一段時間後，克拉克大人大概滿足了便放開我。

「話說回來，蕾蒂……」

他彎起嘴角微笑。

「妳和我以外的男人感情好到可以直呼姓名，是怎麼一回事呢？」

啊，這是生氣了。

◇◇◇

在那之後，我在無處可逃的房內品嘗恐懼。

克拉克大人去沐浴了。王族似乎無法忍受一天不入浴，真是有夠嬌貴。

然而這是個大好機會，此時不跑更待何時。

我再次打開窗戶，順著樹往下爬，立刻調整姿勢後奔跑。

「不，怎麼可能讓妳逃走呢？」

我的裙襬被人踩住，狠狠地往地面撞了下去。鼻子！我的鼻子可能塌了！

我記得這個感覺，一邊搓揉鼻子確認鼻子還在，一邊站起身。

哥哥在後面。

「這次不是布可愛！」

「這一點也不重要。」

呃，這確實一點也不重要啦……

我掙扎著想從踏在地上的腳下把裙襬扯回來，但完全抽不出來。

「就算妳順利從我這裡逃脫，這村莊早已被包圍了，妳逃也逃不走。」

唔姆姆，完全堵死我的逃路了。

「好了，快點回去——為了我的將來。」

「哥哥每次都只顧著那個！您難道不疼愛妹妹嗎！」

「還算疼愛。但比起妹妹，我更疼愛我自己。」

「您這回答還真是嚇死人的渣！」

「謝謝誇獎。」

哥哥揚嘴一笑。

「無論如何我都會讓妳結婚。」

「才不要！」

「真的嗎？」

哥哥探頭看我的臉。

「妳要是認真起來，應該可以更巧妙地逃脫。妳可是我妹妹啊。」

「您這是在誇獎我嗎……」

我不禁擺出嫌惡的表情，哥哥試圖用手指展開我眉間的皺褶。住手！蠻力弄得我很痛！

當我揮開哥哥的手，他看起來很愉快。喜歡做別人討厭的事情，真的有夠渣。

「克拉克大人並不是壞人吧？他真心喜歡妳，只要妳不逃跑，他也會尊重妳的意見。」

「或許是這樣沒錯啦……」

「那還有什麼不滿？」

「不滿沒有自由。」

我一說完，哥哥便露出傻眼的表情。

「妳老是在說這個。」

「因為……」

「就算妳不和克拉克大人結婚，我也會讓妳嫁給其他能為我所用的人，妳起碼理解這種事情吧？」

「唔……」

「妳不可能會有不和任何人結婚的未來。妳再不濟也是個貴族千金。如果是爵位低的男爵或子爵也就算了，但妳是公爵千金。」

「唔……」

拿這點出來說我也無法反駁。我很明白，結婚是貴族的義務。哥哥擁有貴族該有的思考，也有野心，我很清楚他絕對會利用我。

我很清楚。可是，我無法消除對自由的嚮往也是事實。

哥哥看著無話可說的我嘆氣。

「克拉克大人和我不同，是溫柔的男性。當我對他說這個計畫時，也對他說過乾脆生米煮成熟飯，可是很少會看到不願意這樣做的男性。畢竟妳就擺在他面前任憑宰割。」

「嗯？」

哥哥剛剛說什麼？

「計畫是在說什麼？」

「妳問什麼，就是摘下妳的假面具讓妳結婚的計畫啊。」

「什麼──！我還是第一次聽說耶！」

「這種事怎麼可能告訴當事人呢？」

哥哥滿不在乎地對我說。

「等等等等，那麼當時，克拉克大人帶著布可愛出現是……？」

「當然是我的指示嘍。那個對妳至死不渝的男人怎麼可能會劈腿呢？」

「在、在那之後就像把我擄走而帶回城裡是……？」

「是我的指示。我要他在結婚典禮前關住妳。反正遲早都要結婚，我要他乾脆快點創造出既定事實，他卻不願意。」

「讓布可愛接受太子妃培訓呢……？」

「是我安排的。為了不讓她不小心想要和王子結婚，我還特別拜託要比妳更嚴厲，讓她早點投降。啊，在城裡散播謠言的人是克拉克殿下。對我來說，只要妳結婚就好，我根本不在乎妳的評價。」

「那不管我怎麼逃都會被追到是……？」

「我要他別讓妳逃走，但他本人親自追上去應該是他自己的意思吧。」

「綁架呢……？」

「這再怎麼說都超乎預料外了。」

哥哥對著啞口無言的我咧嘴一笑。

「訂婚十年，他在這段時間要對妳出手或要做什麼都行，但他只要每天和妳聊天一小時就滿足，妳認為他會想到這種事情嗎？」

我拚命回想這十年的生活，確實在他將我帶進王城之前，我連他握我手的記憶都沒有。他確實應該擁有無數的機會才對。

「克拉克大人來拜託我，說希望能讓妳活出自己，希望可以摘掉妳的面具。所以我告訴他摘掉妳面具的方法，預測妳之後的行動後建立計畫。」

哥哥說：「因為最了解妳個性的人就是我嘛。」

「他是比我更好的男人，也是個不惜借助我的詭計，沉溺愛河之中的笨男人。」

那麼，當我宣布放棄婚約時，克拉克大人看起來那麼開心是因為……每當我做出無厘頭的行為，他看起來都那麼愉快是因為……

這過度驚人的訊息嚇得我啞口無言。

一切的一切，我都只是被哥哥玩弄於掌心之上而已。

「好不甘心——！」

「喂喂喂，妳差不多也別白費力氣掙扎了。」

我掙扎著想把哥哥踩住的裙襬抽出來，卻被哥哥制止。好不甘心好不甘心！這個渣男！

哥哥就像不把我的掙扎當一回事，輕而易舉就將我扛上肩。

「別把我當行李搬運啦！」

「這方法最順手。我一點也不溫柔，別期待我會打橫抱妳。」

哥哥扛著我快速走回旅店，在我住宿的房門前隨意把我放下，還打我的屁股！

「哥哥一點也不溫柔。」

「所以我不是已經說了嗎？」

「惡魔！」

「隨妳怎麼說。」

哥哥接著繼續說：「但是啊……」

「我基本上還是希望能盡可能讓妳嫁個可以帶給妳幸福的男人，對妳起碼還有這種程度的疼愛喔。」

他這麼說完打開房門。

「妳起碼好好面對他一次吧。」

克拉克大人就站在打開的房門後。

◇◇◇

房門無情地關上。

眼前是剛沐浴完的克拉克大人，以及逃脫失敗的我。隔壁房間則傳來路易王子和萊爾吵架的聲音。

「那、那個……」

我不知該如何是好，總之先開了口，卻不知道該說什麼話。

克拉克大人看著這樣的我微笑，對我招招手。

「蕾蒂。」

我在房內的椅子上坐下，同樣在我對面坐下的克拉克大人開口：

「納提爾說什麼了嗎？」

納提爾就是我哥哥。

「沒……」

「這樣啊。」

「不……他對我說了很多。」

「說了什麼呢？」

克拉克大人露出溫柔的微笑。我想起哥哥剛才對我說的話。

「那個，他說最近的事情都是計劃好的……」

「沒錯。」

克拉克大人很乾脆地承認了。

「我得對妳道歉才行。」

克拉克大人這句話嚇到我，我注視著他的眼睛。

「道歉？」

「沒錯。我剝奪了小小的妳的自由，讓妳沒辦法做真正的自己。」

克拉克大人表情一沉。

「可是，那是與王族訂婚之人必須做的事情，並不是克拉克大人的錯……」

「是啊，說的沒錯。可是原因全都出自於我說我想要妳。」

確實因為克拉克大人喜歡上我，我才會成為他的未婚妻。我的生活在那之後一百八十度轉變，也開始接受嚴苛的太子妃培訓。

「即使如此，我那時非得訂下婚約不可。當時已有無數的婚事找上我，而妳也是公爵千金，就算早已訂下結婚對象也不奇怪。假如我動作不快點，妳恐怕會被搶走。」

貴族的婚事非常早就決定好。因為越早決定，可以讓婚約越穩固。

「面對日日變得只會回我假笑的妳，我很不知所措。縱使思考到底該怎麼辦才好，也想不出辦法。隨著婚禮的腳步接近，我非常焦急。」

克拉克大人低下頭。

「妳的哥哥很有野心，肯定想確實地讓妳和我結婚，而且也非常了解妳，所以我就去找他商量了。」

克拉克大人沒抬起頭。

「我問他該怎麼做才能摘下妳的假面具，該怎麼做才能讓妳認知到我這個人。」

「方法就是帶著假情人到我面前？」

「對。」

克拉克大人仍舊低著頭說話。

「如果知道我有了情人，妳就會開心地說出取消婚約。如此一來，妳不再需要扮演王子的未婚妻角色，可以摘下面具才對——這就是納提爾的計畫。」

哥哥到底將我的行動預測到什麼程度啊？雖然是自己的哥哥，不過還真是恐怖。

「把我關起來也是？」

「他說妳會全力逃跑，這樣做比較好。他也說了他代表公爵家允許我這麼做。」

越聽越覺得全都順著哥哥的意思。

「他也說了我可以對妳出手，但我無法做出那種事情。」

「聽聞此事，我全力表達感謝之意。」

沒對我出手真是太好了。

「這是當然。要是做出那種事，我永遠都得不到妳。」

他終於抬起頭。

「那個……」

我注視著克拉克大人繼續說：

「我不太懂情愛什麼的。」

「嗯。」

「所以，我想應該會花上很長的時間。」

「嗯。」

「而、而且，我還沒辦法完全捨棄對自由的嚮往。」

「嗯。」

「大概會突然心血來潮就逃跑。」

「嗯。」

克拉克大人溫柔地笑了笑。

「我永遠都會等妳。雖然結婚之後得請妳承擔公務，除此之外妳可以自由地旅行，如妳所願做想做的事。不過妳逃跑我會很困擾……我可以追上去嗎？」

克拉克大人注視著我。我作好覺悟了。

「好。」

克拉克大人驚訝地睜大眼。

「可以嗎？」

「可以。」

我作好覺悟，握住克拉克大人擺在桌上的手。

「即使我不和您結婚，也非嫁人不可。既然如此，那麼我想和您結婚。老實說，您的容貌與聲音都是我的喜好。還有，態度強硬卻很寵我這點，我也不討厭。」

差不多該下定決心了。

我還不明白情情愛愛，但這個人說他會等我，我相信他。

克拉克大人瞠目結舌的表情逐漸轉為燦爛的笑容。

那和我小時候模糊記憶中的少年臉孔非常相似。

◇◇◇

「瑪莉亞，嫁給我吧。」

「咦？我辦不到！」

秒速遭到拒絕的少年王子非常可笑。然而他似乎還沒放棄，聽說已經安排好要來這邊留學了，真是死纏爛打。

萊爾抱怨著他想回去，但應該沒辦法。我覺得他放棄還比較快。

這次我被綁架的事情就當成沒這回事。遭到他國王子綁架不只會變成醜聞，也會讓兩國的關係出現裂痕。幸好兩國對此事幾乎無所知悉，我也說這是小朋友做出的事，希望他們寬容看待。我沒遭到不當對待，而且也不希望因為我而引發戰爭。

就這樣回到王城，我現在……絲毫無法放鬆。

「這是什麼？」

「是鐵窗吧。」

布可愛爽快地回答。

「咦？不是啦，這是為什麼？」

「這是妳哥交代的喔。」

又是哥哥嗎！

「他說妳可能會在抵達王城後說：『我還是改變主意了。』然後逃走，所以典禮前把妳關進這裡。」

哥哥真是一點也不溫柔，連一條退路都不留的男人。

「天氣真好呢。」

布可愛這麼說，轉過頭看向這房間的窗戶。可以看見藍天的窗戶因為鐵窗而使得景觀大為失色。

「來這間房間的路上走廊也都有相同的鐵窗喔。」

別讓我更加絕望啊。

「啊啊，要是只是普通的鎖，我可能還有辦法。」

「有什麼辦法？」

「開鎖。」

我回答後，布可愛傻眼以對。

「妳到底以什麼為目標啊？」

「我為了我的自由，十年來可是鍛鍊了許多技能。」

嚮往自由，下定決心若無法實現我就要逃跑後的這十年，我可沒有白費光陰。為了逃跑，在忙碌的太子妃培訓中找時間做了許多事情。拿到王城地圖、學會開鎖技巧，以及從王子的隨從手中買消息。雖然美人計最後以失敗告終就是了。

「欸，現在還不遲，妳要不要當王妃？」

「不要。」

拜託布可愛後，遭到她秒速拒絕。稍微假裝猶豫一下也好吧？

「因為我決定以妳哥哥為目標了。下一任公爵家繼承人、頭腦好、容貌佳、身材高，是個絕佳的人選呢。」

「他的個性很糟喔。」

「而且小姑也出嫁了。」

「可能會失婚回家喔。」

「我會趕走。」

可能成為未來嫂嫂的人真過分，我要盡可能建議哥哥別選這個女人。不對，哥哥也差不多過分，他們或許非常登對。

「那麼，妳是因為有事才來找我的嗎？」

「是的。」

布可愛微笑。

「來絆住妳的腳步。」

這麼說完，布可愛身後的房門打了開來。

◇◇◇

「我不要啊啊啊啊啊啊啊！」

我被人換上婚紗的同時大聲叫。

「夫人，還請您認命。」

「太突然了嘛嘛嘛嘛嘛！」

「您的哥哥說如果不快一點，您可能會改變心意。」

「哥哥，我恨您啦啦啦啦啦。」

「妳也太不乾脆了吧？」

「不乾脆也沒關係啦啦啦啦啦！」

我快哭了。順帶一提，如果真的哭了，會被化妝師痛罵，所以我正在忍耐。她說妝會花了，真過分。

「布可愛妳這個叛徒啊啊啊啊！」

「因為是妳哥哥拜託我的嘛。」

布可愛說著：「對不起喔。」久違地裝了可愛。煩死了。煩死人了啦啦啦啦啦！

「那麼，準備好了。」

「夫人好美。」

「嗚嗚嗚嗚嗚……」

被人盛裝打扮了。

「那麼，時間不多了，妳就快點去吧。」

我不要。不對，我說謊了。我對不是認真感到不情願的自己手足無措。

可是沒有任何人發現我這份心情。

旁人迅速地讓我站在恐怖的門扉前。

「我想回家……」

「妳還真有毅力耶。」

布可愛站在我後面。

「好了啦，去吧！」

她用力推了我一把，我就這樣順勢打開門。

啊啊，已經逃不了了……可惡，女人就要有膽量！

我為自己打氣，抬頭走向前。我邊走邊聽到掌聲，大家都在祝福我。我對此感到害臊的同時，想著自己應該遲早都會走向這個命運。

「啊啊，蕾蒂，妳好美。」

當我走到克拉克大人身邊時，他如痴如醉地說。

「……克拉克大人也很好看喔。」

「我好開心。」

一如往常的美麗笑容。

眼前的神父開始說起什麼，但那一點也不重要。我對自己現在的情緒無所適從，就要到達極限了。

應該早就作好覺悟了呀。縱使應該是如此才對，面臨現實果然還是不太對！

各種情緒混雜使我感到混亂，我卻不抗拒。不知在何時就已經不抗拒了。我不知道該怎麼面對這股情緒，不知該如何是好。

「蕾蒂。」

克拉克大人在我耳邊說話。

「不論妳怎麼逃，我都會追上妳。」

這麼說完，他俊美的臉孔朝我靠近。

「啾」的聲音響起。

下一秒歡聲沸騰。不停歇的樂聲、哥哥和布可愛的滿臉笑容、嚎啕大哭的瑪莉亞、在一旁替瑪莉亞拭淚的路易王子，以及一臉事不關己的萊爾。

啊啊，逃不了了。

難以言喻的心情油然而生，同時抓住緊緊擁抱我的後背。

克拉克的初戀

好無趣。

每天接受身為下一任國王該有的教育，貴族們總是看自己臉色的模樣也令人厭煩。

日復一日，一成不變。

再加上最近到了可以決定婚配的時期，四處都有人拿婚事上門。

好無趣。

我老是想著這些，不禁嘆息。

當我想抄近路穿過中庭時，感覺到一股涼風。

「呼喔喔唔唔。」

聽到了什麼聲音。

我以為有野獸而四處張望，卻沒看見任何東西。

「呼唔唔唔唔。」

可是果然有聲音。

我非常在意這聲音，認真起來尋找來源。

「呼嗚嗚嗯嗯嗯呼唔唔唔。」

是從這棵樹傳來的。

我如此確定，在一棵樹前停下腳步。

仔細查看樹木也沒看到有什麼動物藏在裡面。在我感到疑惑時又聽到聲音。

「呼嗚嗚嗯嗯嗯呼唔唔唔唔唔。」

在上面！

我猛然抬頭往上看，接著看見了人影。定睛凝視後，我發現那個人是個小女孩。

「呼唔唔唔唔唔嗯。」

……聲音從女孩身上傳出來。

「……鼾聲？」

小孩子會發出這麼巨大的鼾聲嗎？這從沒聽過的鼾聲讓我感到莫名佩服。

話說回來，在樹上睡覺未免太危險了。我如此判斷，出聲呼喚女孩。

「妳啊——」

「呼唔唔唔。」

「喂！」

「呼唔唔嗯。」

「起床了！」

「唔呀！」

對於用普通音量也喊不醒女孩，我有點不耐煩地加大音量，結果女孩嚇得飛跳起身。

「啊。」

可以想像在樹上飛跳起身會怎樣。

從上方落下的小小存在慢動作地靠近我，我反射性地伸出手。

「唔噗！」

重物壓在我肚子上，使得我痛苦得呻吟。女孩雖然嬌小，從上方掉下來當然很重。我睜開因為巨大衝擊而閉上的眼。

女孩呆傻地看著我，大概剛睡醒還搞不清楚狀況吧。從她穿著的華麗宮廷服看來，她應該是上級貴族的女兒，不過這或許是我第一次看見爬到樹上午睡的千金小姐。

我稍微看了她一下，似乎沒有受傷，於是便安心了。

女孩就這樣和我對眼看了一段時間，突然發現什麼般開口：

「謝謝你！」

她露出花朵般燦爛的笑容。

「…………」

我明明早已看慣人們的笑容，現在卻看痴迷了。

第一次見到如此天真無邪的笑容。

她瞇起帶著長長睫毛的眼，張大嘴甜美地笑著。

好可愛。

我直率地如此想。

「我很重吧，先下去了喔！」

女孩從自己身上退開後，我對消失的重量感到失落。

「蕾蒂希亞！」

有人在大聲呼喚。

「父親大人！」

女孩開心地奔向聲音主人。

「妳又爬到樹上睡覺了嗎！」

「因為很舒服嘛！」

「在這邊不能再這樣做了！」

「小氣鬼！」

女孩鼓起臉頰。我好想摸摸她的臉頰。

「殿下，真的非常抱歉。」

被她喚作父親的人朝我低頭。

「不會，沒有關係。」

我如此回答後起身。

「我女兒給您添麻煩了。蕾蒂希亞，過來，妳也要道歉。」

「對不起。」

「別在意，沒有關係。」

我一微笑，她就像鬆了一口氣般吐氣。

「你偶爾也可以來這邊午睡喔，很舒服！」

「閉、閉嘴！恕我們失禮了，那麼……」

大概不想讓女兒繼續做出失禮的言行，女孩的父親摟著她快步離開。

「蕾蒂希亞啊……」

我唸著她父親呼喊的名字。

——想再見那女孩一面。

——想碰觸那女孩。

這是生平第一次出現的情緒。讓我胸口發熱，感到滿足的情緒。

我就這樣手貼著胸口，離開中庭回到王城。

得告訴父親才行。

我有了想要的人。

◇◇◇

不久後，我與蕾蒂希亞訂下婚約。

前往公爵家傳達旨意的侍從回報，比起她的公爵父親，公爵的兒子更加喜悅。

原來如此，蕾蒂希亞的哥哥似乎是個心懷叵測的人，要多注意。

因為蕾蒂希亞即刻開始接受太子妃培訓，與我訂婚後每天都會來王城。

儘管可能會想她還只有七歲，一般而言這類教育會趁早開始。蕾蒂希亞用她小小的身軀努力地拚命學習教養。

好可愛。

努力的蕾蒂希亞非常可愛，我會偷偷去看她。

好可愛。

當然為了獨占可愛的蕾蒂希亞，她來王城時我每天都會安排一小時和她一起喝茶。

我說話時蕾蒂希亞都會應和我，我對此很開心，但蕾蒂希亞不太愛主動說話。自從太子妃培訓開始之後，蕾蒂希亞不再如那時一般爽朗，簡直可謂淑女千金的榜樣。

是培訓的影響嗎？是因為自己而改變了她嗎？

即使我感到有罪惡感，還是想要她。

雖說怎麼樣都無法放手，說起我們兩人是否縮短了距離，實際又並非如此，不知不覺中十年過去了。

我也並非無所作為。喝茶時盡全力誇獎、慰勞蕾蒂希亞的努力，也表達讓她蒙受辛勞的歉意。然而感覺她似乎沒聽進任何一句話，不管帶她外出轉換心情或送她禮物，她的反應都差不多。

假如可以，我希望靠自己的力量找回那個笑容而積極起來，但似乎做錯了。

這樣可不妙。

不論如何都讓我感到焦急，我忍不住找了原本不想要多有交集的人。

「那麼，請問你怎麼想？」

蕾蒂希亞的哥哥——納提爾是個難以捉摸的人。

「什麼怎麼想？」

「我想知道蕾蒂希亞對我有什麼想法。」

我這麼說完，納提爾便以手撫摸下頷。

「我可以明說嗎？」

「可以。不管你說什麼，我都不會介意。」

「那麼——」

納提爾下定決心後開口：

「真的要說，她對您沒有絲毫興趣。」

毫無修飾的一句話讓我瞬間驚愕，但馬上冒出「果然如此」的想法。

「這樣啊……」

「她認知您是和她訂婚的王子，但僅此而已。這無關情愛，可能連是否記得您的臉都不確定。」

這狀況超越我的想像。

「她討厭我嗎？」

「我想應該連這種情緒都沒有。她大概不感任何興趣。」

我不禁歎氣。

「我明明如此愛她……」

「完全是您單方面喜歡她呢。」

真是毫不留情。

「我到目前為止和她說話也沒得到任何反應是……」

「她大概只當作小鳥在唱歌。」

也就是全都當成耳邊風。

「對我來說，只要殿下和蕾蒂希亞結婚我就滿意了，所以維持現狀也沒有任何問題。」

「我有問題。」

我打斷納提爾的話繼續說：

「真是傷腦筋呢。再這樣下去，我要和蕾蒂希亞結婚可能遙遙無期了。」

「殿下……」

納提爾發出苦惱的聲音。

「我想讓蕾蒂希亞展露本性。」

「這樣啊。」

「我並非只想和她當假面夫妻。」

「這樣啊。」

「我愛著真實無偽的她。」

「這樣啊。」

納提爾只是應和我。

「有什麼辦法嗎？」

「如果成功了，您就願意結婚？」

「沒錯。」

我點點頭，接著納提爾笑了。

「殿下，我很清楚您非常迷戀蕾蒂希亞，您這威脅一點用也沒有。」

「不，我在蕾蒂希亞確定感情之前不會生小孩。」

我斬釘截鐵地說完，納提爾嚇得瞠目結舌。

「假如我和蕾蒂希亞沒有子嗣，你應該會困擾吧？」

「怎麼可能允許這種事發生……」

納提爾難得出現可窺見他心緒不寧的語氣，我看到這副模樣後浮上笑意。

「我有弟弟，讓他繼承便是了。」

「您弟弟現在才兩歲吧？」

「他總有一天會長大。那孩子轉眼間就會成長到能有子嗣的年齡。」

「…………真是傷腦筋呢。」

納提爾傷神地撩起頭髮。

「你認為我該怎麼辦才好？」

我再次提問後，納提爾無奈地開口：

「首先最重要的事，應該是讓她認知到您這個人吧？」

「該怎麼做？」

納提爾似乎陷入沉思。他維持這模樣一段時間後，突然靈光一閃似的抬起頭來。

「找個蕾蒂希亞以外的情人。」

「駁回。」

「假裝的就行了。」

我秒速拒絕後，納提爾慌慌張張地補充：

「蕾蒂希亞一直想要取消這個婚約。」

「是啊，她送了不少人到我身邊。」

「啊，您早就發現了啊？」

和蕾蒂希亞訂婚之後，我身邊開始出現許多特別難纏的人。雖然先前也有不少女性會主動找我說話，這些人太刻意了。

而且她還送來各種不同種類的人，前陣子還有男性追求，任誰都看得出來。

下次見到她時，得告訴她別拿小錢僱用人。

如果要送人來勾引我，不找手段熟練的人可沒意義。想僱用這種人就得花大錢。

「算了，現在先別說這個。殿下帶著其他女性出現在想逃跑的蕾蒂希亞面前，她一定會開心地露出真面目。」

「哦？」

「到時她大概會脫口而出許多事情，但您千萬、千萬、千萬不能明說您要取消婚約。」

納提爾再三強調。

「你認為這點子可行？」

我不安地問，不過納提爾相當有自信。

「您以為我看著妹妹幾年了？我很清楚那傢伙的個性。」

不安並未全數消除，但我沒有其他人可依靠。

再這樣下去只會成為假面夫妻，試了總比沒試好。

「要找誰才好？」

「隨便找個看起來很好應付的就可以了吧？」

「很好應付啊……」

我環視周遭。

我們現在身處晚宴會場。由於蕾蒂希亞這次沒有參加，無須害怕被她聽到，我才會找納提爾說話。

突然一位千金小姐映入眼簾。她喊住一位男性貴族後挽住對方的手，男性貴族熟練地抽回自己的手離去。雖然那名千金小姐站在原地一段時間，接著拿起桌上的葡萄酒一口飲盡。

「砰」的一聲，她氣勢凶猛地把酒杯放到桌上。

「嘖！竟然對我的巨乳沒興趣，那傢伙該不會根本沒有下面該有的東西吧？」

她咂嘴吐出口的聲音和方才完全不同。

在我注視著她時和她對上了眼。

「王子殿下～」

聲音瞬間改變，這太厲害了。

「你覺得如何？」

我詢問納提爾。納提爾確認那位千金小姐後點了點頭。

「看起來不錯，感覺很好應付。」

獲得納提爾認可後，我下定決心邁開腳步。

朝看起來很好應付的千金小姐開口：

「妳好，方便占用一點時間嗎？」

◇◇◇

結果算一半成功，一半失敗吧。

因為蕾蒂希亞比想像中還要迅速地躲回領地中了。

「你不是說會一切順利嗎？」

我怨恨地看著納提爾，他對我聳了聳肩。

「別擔心，接下來才是重頭戲。」

「什麼？」

「經過這次的事情後，蕾蒂希亞終於將殿下看在眼裡了，接下來才是重點。」

原來如此。納提爾確實提過，最重要的是要讓蕾蒂希亞認知到我這個人。

這次的事情是讓蕾蒂希亞認知我的第一步。

「下一步該怎麼做？」

我一問，納提爾便露出不懷好意的表情。他說出口的下一步計畫讓我皺眉。

「這……」

「沒有其他方法了。」

納提爾一說，我稍微思考。

「等見到蕾蒂希亞再決定。」

◇◇◇

蕾蒂希亞逃到道曼公爵家的領地中，也分類為鄉下的地方。有豐富的大自然——原來如此，我也認為蕾蒂希亞會喜歡這個地方。

當我靠近宅院時，正好看見蕾蒂希亞小跳步地離開，臉上掛著和從樹上掉下來那天相同的無邪笑容。

蕾蒂希亞果然還是蕾蒂希亞。

在對她毫無改變感到放心的同時，讓她勉強自己也令我很沮喪。停止太子妃培訓吧。蕾蒂希亞早就已經掌握所有基礎，現在只是不停複習罷了。這麼做絕非必要。

我跟著歡天喜地的蕾蒂希亞來到河邊，她忙碌地將魚餌掛上釣線前端。這麼說來，我想起蕾蒂希亞宣布婚約取消當時，她說她要去釣魚。知曉這個在兩人的茶會中，不管我問多少次都無從得知的事情，我好感動。

看著雀躍欣喜的蕾蒂希亞，我決定要在王城內造一條河。

釣到魚的蕾蒂希亞熟練地開始料理，我很驚訝她會生火。

蕾蒂希亞笑容滿面地把自己釣到的魚串起來烤。

好可愛。

雀躍玩耍的蕾蒂希亞好可愛。

「妳看起來很開心呢。」

我一出聲，蕾蒂希亞這才發現我，露出驚訝的表情。

看見她完全摘下面具的模樣，我不禁失笑。

「克拉克大人？」

她發現我之後感到有點不知所措，但沒有改變態度，仍然不顧禮節地看著我。

接著一口咬下剛烤好的魚。

「請問有什麼事嗎？」

蕾蒂希亞將魚送進她的小嘴後相當開心，大概烤得恰到好處吧。

「這是妳的午餐嗎？」

「對。很好吃喔。」

「妳自己釣的嗎？」

「是的，我對釣魚、爬樹和腳程非常有自信。」

嘴裡塞滿食物邊吃邊說話的模樣跟小松鼠一樣。

蕾蒂希亞吃完後又繼續釣魚。邊哼歌看起來很愉快，大概遺忘我了吧。

愉快的蕾蒂希亞、悠閒的農村，以及偶爾會有魚隻跳躍的河川。

看著充滿蕾蒂希亞喜好的景色，我吐出一口氣。

當我在哼歌的蕾蒂希亞身邊坐下來，她猛然驚醒般轉過來看我。她似乎完全遺忘我了。

蕾蒂希亞開口：

「那麼，請問您有什麼事嗎？」

「並沒有喔？」

「咦？」

她困惑的表情也好可愛。

「妳現在生氣勃勃的呢。」

「是的，因為我自由了。」

「妳果然一點也沒變。」

「什麼？」

她轉過頭來，皺眉彷彿表示越來越不理解。

「妳知道我為什麼和妳訂婚嗎？」

「我一點興趣也沒有，所以不知道。」

她秒速回答。

正如納提爾所說，她完全沒將我看進眼裡令我哀傷。

「從樹上掉下來了。」

蕾蒂希亞仍舊一臉困惑。

「十年前，妳和道曼公爵一起到王城來，跑到王城中庭爬樹了對吧？當時妳就掉在恰巧經過那邊的我身上。」

我這麼說完，蕾蒂希亞一瞬間抬頭往上看，大概在回想過往吧。

「妳就坐在嚇了一跳的我身上大笑。」

有魚上鉤後，蕾蒂希亞將視線從我身上別開，但我接著繼續說。蕾蒂希亞依舊動作熟練地處理魚隻。

「妳好可愛。」

串起來。

「我對妳一見鍾情，所以才向妳提出婚約請求。」

「原來全是因為您嗎！」

「聽到這邊不是應該要開心才對嗎？」

「一點也不開心！因為這樣害我過了十年的痛苦生活！」

蕾蒂希亞極力反擊大吼的同時生火。她手腳俐落的模樣看得我心醉神迷。

看到至今從未見過的蕾蒂希亞讓我好開心。

「不過妳也沒明白對我說妳不想和我訂婚，還定期送女人來我身邊對吧？」

「您發現啦！」

她果然以為我沒發現啊？我有點失落。

「啊，順帶一提，我和妳的婚約還沒有取消。」

「什麼？」

這件事很重要，所以我明白說完之後，蕾蒂希亞就呆傻地張大嘴。我微笑注視著她的模樣站起身。

「我近期會來接妳，在那之前妳可以過一段悠閒的生活。」

「什、什麼！」

我背對她的驚聲尖叫離開。

她還只是終於將我放進眼裡。既然如此，要讓她對我產生戀慕之意，不知道得花上多少時間。

我想起納提爾的提議。雖然不想照這個計畫做，但是沒辦法了。

得作好準備才行呢。

要儘速行動避免她逃跑才行。我在腦海中開始確認接下來該做的事情。

◇◇◇

我順利和蕾蒂希亞結婚了。

當我細細品味這份幸福時，礙事的聲音打壞我的心情。

「這是當然的吧？為了讓蕾蒂希亞誤會，我安排派對，讓手下的人假裝賓客避免消息走漏。之後引導要逃跑的蕾蒂希亞到我們的鄉下領地去，在她返回王都後也安排她住進王城避免她逃跑。我都做到這種程度了，您們怎麼可能不結婚？」

「你是挾恩圖報嗎……」

我對納提爾說出口的話感到無力。納提爾笑容燦爛地說：

「再來只要您和蕾蒂希亞有子嗣，我就滿足了。萬事拜託啦。」

「好，只要蕾蒂希亞同意。」

我冷淡回應後，納提爾露出驚訝的表情。

「……你們已經洞房了吧？」

「還沒有。」

我回答後，他嚇得張大嘴。

「在蕾蒂希亞同意之前，我不會出手。」

「騙人的吧？」

「沒騙人。我會一直等她。」

我朝納提爾彎嘴一笑。

「一個不小心，可能得等幾十年喔？」

納提爾一臉不甘心，我對此很滿足。

別以為事事都能如你所願。

我只是為了和真實無偽的蕾蒂希亞結婚才與他聯手，只要順利結婚，我接下來有無限的時間可以追求蕾蒂希亞。雖然以子嗣為條件尋求他協助，我可沒明說時間，所以不成問題。

對於想儘早強化與王室之間關係的納提爾來說，這應該難以忍受吧。

「為愛痴狂的男人還真是無法預測……」

納提爾嘟囔。我心想：「正是如此。」嗤鼻冷笑。

◇◇◇

「瑪莉亞，快，穿上這個。」

「我不要！」

「我是主子！妳是侍女！好的，權力差距！」

「我的直屬雇主是克拉克殿下！」

對瑪莉亞的反擊相當不甘心的蕾蒂希亞好可愛。她恨得咬牙切齒，激動得連我進房都沒發現。少根筋的這一面也好可愛。

「真要這樣說，我……我、我、我可是王太子……妃……耶……！」

蕾蒂希亞紅著一張臉主張自己的身分，瑪莉亞則傻眼了。

「請您差不多別再紅著一張臉說了啦……連我都跟著害臊起來了。」

「我、我才沒有害羞……呢……！」

「呃，您不用說這種顯而易見的謊言。老實點說可以結婚很幸福比較好喔。」

「才、才不是……！」

「您這表情一點說服力也沒有。」

蕾蒂希亞主張著：「才不是！」滿臉通紅。原來如此，確實沒有說服力。

「瑪莉亞，妳很沒有禮貌耶……」

「因為我個性表裡如一！」

滿臉笑意的瑪莉亞個性真是嗆人。臉上的紅潮消退許多的蕾蒂希亞又把什麼往瑪莉亞身上推。

「真是的，怎樣都好，快穿上這個！」

「絕對、絕對不穿！」

「別說廢話了。快點穿上這個，然後去把路易王子迷得神魂顛倒！我要去大聲嘲笑他的模樣！」

「請別拿我來捉弄路易殿下！」

瑪莉亞用力推回去，蕾蒂希亞也反推回去。

「只要妳穿上這個，那個任性妄為的少年王子就會流鼻血昏倒！因為太刺激了！」

「這當然很刺激呀！如此透明耶！」

輕飄飄的東西在兩人之間來來去去。布料薄透的那個東西，對於年僅十三歲的少年來說確實太過刺激了。

「這件連身睡衣可是我特地從布可愛那邊拿來的耶——！」

「請別為了這種事情花費勞力！」

我朝吵吵鬧鬧的兩人走近，拿起兩人之間的連身睡衣。

「啊。」

兩人當場僵住。

「蕾蒂。」

我揚嘴微笑。

「妳該不會要穿這個給我看吧？」

我在她耳邊輕語，她臉紅得讓人以為要沸騰了。

「那、那、那……」

她一句話也說不出口，嘴巴不停地張張闔闔。

好可愛。

「那還太早了——！」

蕾蒂希亞從我手上搶回連身睡衣後，直接打開門跑走。可以聽見士兵們大喊著：「王太子妃殿下！」大概正追著奔跑的她。

那麼，我也得追上去才行。

我想著還要多久才能抓到蕾蒂希亞，追在她身後而去。

我並沒有想要穿

「才不是——！」

「什麼！噗呼！」

我打開門立刻將手上的東西朝房內的人身上丟過去，漂亮地正中目標。

「什麼——！這是什麼啊——！」

他拚命地想要拿開纏在頭上的東西，那個東西卻完美地把他的頭整個包起來，使得他不好拿開。看到他這副模樣，讓我的心情稍微好了一點。

「哼！我把這東西給你，你就心懷感激地收下吧！」

「所以說這是什麼啦——！」

掙扎著想拿開的少年王子瘋狂躁動。難得他有張美麗容顏，倘若遮掩起來，他就只是個笨蛋做出愚蠢的行為呢。

「是若隱若現的連身睡衣喔！」

「什麼？……什麼！」

路易王子似乎一瞬間無法理解，但幾秒理解狀況後又更加躁動。

「別把猥褻的東西蓋在我頭上——！」

「普通點說連身睡衣啦，要不然會以為是更猥褻的東西。」

「已經夠猥褻了——！」

他終於從椅子上跌下來，在地板上打滾。順帶一提萊爾沒打算救他，只是旁觀看著這些事發生。他真的很有骨氣。

「妳對我做這種事情，我可不會輕易就算了——！」

「你當然會輕易就算了。因為我姑且是王、王、王太子妃啊！」

「妳別每次都要結結巴巴才能說出口啦！」

「那種事情不重要！」

不要每個人都只在意不必要的事情啦！

「我是這個國家的未來王妃，你只是鄰國的第三王子，你懂吧？」

「妳這傢伙竟然隨意仗勢欺人……！」

「所以你就成為我發洩壓力的道具吧！」

「妳真的糟透了！」

「囉嗦，我只是稍微玩弄你一下而已！」

「住——手——！」

我滾動在地上打滾的他，他便主張他的不悅，但我才不住手。哼！他之前都用繩索綁住我了，而我只是這樣做並不成問題吧！我可是替他保密，除了克拉克大人和哥哥以外沒人知道他綁架我呢！

「萊爾！萊爾！快點救我！」

「非常抱歉，我是個屈服於權力之下的人。」

「你這沒用的傢伙！」

這對主僕看起來很愉快，感情真好。

我看到這一幕後冷靜下來，停止滾動路易王子。

「我暈了……」

連身睡衣仍纏在臉上的路易王子表示。

「真可憐……」

「這全是妳做的好事耶……？」

「我還可以繼續滾喔？」

「不不不、不用了！不用了！」

路易王子躺在地板上拚命搖頭。哼，真拿他沒辦法，就在這邊放過他吧。

「話說回來——」

路易王子好不容易坐起上半身。萊爾當然沒有幫他。

「妳在說什麼才不是啊？」

他似乎清楚聽見我闖進房內時說的話。

「……才不是啦。」

「嗯？」

「所以說，才不是我說要穿，只是突然脫口而出而已。」

「嗯？」

「所以我說不是啦——！」

「哇啊啊啊啊啊！」

再次被我滾動的路易王子大聲叫喊。

不是不是不是啦。不是什麼還太早，我不是想要說那種話啦！

是我根本不會穿！絕對不會穿啦！

「蕾蒂？」

「噫噫噫！」

聽見以為不會在此聽到的聲音，使我嚇得跳起身。

克拉克大人打開門對我微笑。

「我說了即使妳逃跑我也會追上妳，但我可沒說妳可以逃進男人房裡。」

「噫！」

他十分生氣！

「男人……他是小孩……而且只是玩具……」

「喂。」

「玩具也不行。」

「喂。」

路易王子對我們說的話確實起了反應，但我根本無暇在意他。

我得想辦法應付步步朝我逼近的克拉克大人。

「嘿嘿，我只是想要交流一下異文化而已。」

「這種事情和我一起做吧。」

啊，這個藉口果然行不通嗎？

克拉克大人爽快地走近，輕而易舉便將我打橫抱起。

公主抱！這就是俗稱的公主抱！

「不好意思打擾了。啊啊，請收下那個東西。我會好好自己親手送的。」

送什麼！要送什麼！

我想如此驚呼卻話不成聲。

「那就告辭了。」

克拉克大人走出房間，大步流星地走著，後頭傳來路易王子的聲音。

「下次進房前給我敲門——！」

說得太對了。

順帶一提，幾天後瑪莉亞對我抱怨她收到路易王子送的連身睡衣。我希望瑪莉亞能穿上去大鬧他一番。

鄭重發誓，我並沒有想要穿

「我收到連身睡衣了。」

「咦？幹嘛？在矖恩愛嗎？」

「才不是——！」

布可愛說出偏離重點的話。

不是那樣！我完全沒在矖恩愛！

「妳這是故意嘲諷還沒能嫁進豪門的我嗎？我接受妳的挑釁喔？」

「到底要怎樣才會解釋成這樣啊！」

布可愛開始誤會起什麼，瞥了一眼否定的我之後嗤之以鼻。喂，別這樣嘲笑王太子妃。

「丈夫，送連身睡衣，給新婚妻子。」

「怎樣？」

「世間一般稱這個為矖恩愛喔。」

「才不會這樣說。」

「插嘴夫妻事的人會被馬踢。」

「才不會。」

「一個不小心可能會被消失。」

「才不可能吧！」

布可愛搖搖頭。

「妳不懂。妳真的一點也不懂。」

「什麼啦？」

「他的愛就是如此沉重。」

「我聽不懂妳在說什麼耶。」

布可愛「呼」的一聲嘆了一口氣。態度很差勁。布可愛，妳的態度很差勁喔！

「算了，這種事就別說了。」

「嗯？」

「重點在於，該怎麼做才能讓他別再繼續送。」

我這麼說完，布可愛似乎思考著什麼，接著靈光一閃般開口：

「妳就穿了吧？」

「什麼？」

「所以說，妳先穿一次，然後跟他說妳喜歡這一件，如何？」

「什麼？駁回。」

而且話說回來，為什麼這麼做就能改善啊？我滿頭問號，布可愛又嘆氣。真的很沒禮貌耶。對地位比她高的人太不尊敬了。

「我的意思是——『總之我已經有喜歡的連身睡衣了，所以不需要其他的了。』只要妳表現出這種態度，他應該會收斂一點吧。」

「我根本不想穿。」

「所以說穿一次就好了呀。」

「可是這樣得穿給克拉克大人看才行對吧？」

「那不是廢話嗎？妳是笨蛋嗎？」

「駁回駁回駁回！」

「明明是個好主意。」

布可愛一臉無法苟同的表情。不對，這個意見太奇怪了吧？我明明在說收到他送我連身睡衣，我很傷腦筋耶？為什麼還要穿啦？

「不過我也不能多說什麼就是了。」

「為什麼啦？」

「因為我收了店家把克拉克殿下介紹給他們的介紹費。」

「凶手——！」

真是晴天霹靂！敵人竟然近在身邊！

◇◇◇

我現在攤開克拉克大人送的連身睡衣。

沒有，我並沒有要穿。

雖然沒有要穿，但有點好奇。

克拉克大人送我的連身睡衣，比布可愛送我的稍微不透明，帶著一點清純的感覺。是克拉克大人的喜好嗎？比起性感，他更喜歡可愛的類型嗎？

不對，我一點也不在乎克拉克大人的喜好。

我拿起連身睡衣，把布料放在手掌上，隱隱約約可以透見掌心。原來如此，世界上的男性喜歡這種若隱若現的感覺吧。

比起全部看光光，遮掩一部分更讓人感到興奮——萊爾這麼說。

我站起身，把連身睡衣直接往原本的睡衣上面套。哦哦，睡衣從下面透出來了耶。也就是說，如果我下面沒穿睡衣，可就不得了了呢。

這樣不行、這樣不行。

我搖搖頭把連身睡衣脫下來。這是不能碰的東西，開發者的腦袋有問題。

「蕾蒂。」

此時聽到了不可能出現的聲音。

我像年久失修的機械般僵硬地轉過頭，不應該待在這間房裡的克拉克大人就在我面前。

「為、為什麼……？」

「那、那個，我有敲門……」

沒、沒聽見。我沒聽見啊！

我慌慌張張地把手上的連身睡衣藏到背後。

「請問有什麼事嗎？」

「我想跟妳說晚安……」

克拉克大人的手摀著嘴。

「蕾蒂。」

「晚安晚安晚安！」

「蕾蒂。」

我都已經說晚安了啊！沒事了吧！

克拉克大人一步也沒動。拜託快點轉頭離開啦。

「蕾蒂。」

他從剛剛就不斷呼喊我的名字。幹嘛啦？到底想要幹嘛啦？如果有話想說就快點說啊！

「蕾蒂。」

他又喊了我的名字。

克拉克大人終於拿開摀住嘴的手。

正當我這麼想時，下一秒卻捏住了鼻子。

「連、連身睡衣……」

「是、是……」

「對我來說還太刺激了……」

因為他捏住鼻子，聲音有點含糊不清。克拉克大人這麼說完，便腳步不穩地拖著步伐離開房間。

「……咦？什麼？」

獨留我一人一頭霧水地苦惱。

克拉克大人心中似乎發生了什麼事。總之從這天起，他停止了連身睡衣攻擊，但又說目前送的要先保留下來。

為什麼？

一點也不覺得可愛

天使就在我面前。

「蕾蒂～」

用口齒不清的聲音呼喚我的天使朝我張開雙手，我興高采烈地迎接他。

「瑪堤亞斯大人好可愛——！」

當我緊緊擁抱他時，聽見可愛的聲音喊著：「痛痛。」糟糕糟糕，他太可愛了，讓我不小心太用力了。

「對不起喔？」

我一道歉，他就對我笑彎了眼。

有天使。我可以就這樣跟著他上天堂。

他可愛得讓我窒息，使我摀住胸口。「呵呵呵。」這時一道柔軟的笑聲從天而降。

「蕾蒂妹妹真的很喜歡瑪堤亞斯呢～」

王妃殿下如此說，滿臉笑意地看著我和瑪堤亞斯。

非常喜歡。沒錯，我非常喜歡他。

瑪堤亞斯大人，我的天使。今年兩歲，還沒辦法穩健走路的年齡。他是國王夫妻的兒子，二王子。是我的丈夫克拉克大人的弟弟，也就是我的小叔。

這個、天使、竟然是、我的小叔！

「啊……太可愛了，我好痛苦……」

我低聲說完，瑪堤亞斯大人就微微歪頭。這是什麼動作啊！要死了。我要死了啦。

「結婚唯一的好事就是瑪堤亞斯大人變成我的小叔……」

我心醉神迷地看著瑪堤亞斯大人說，王妃殿下又發出愉悅的笑聲。

小孩子好可愛，小孩子是天使。他也和王妃殿下容貌相似，長大後值得期待。和國王陛下一點也不像。克拉克大人也長得像王妃殿下，國王陛下的基因上哪兒去了呢？

該不會等到年紀大了，就會變成那種福樣吧？

我和看著我與瑪堤亞斯大人的克拉克大人對上眼，他溫柔地對我微笑。

嗯，務必要請他保持這個容貌到老。

我決定到了一個年紀之後就要勸他運動，王妃殿下看著這樣的我又呵呵地笑了笑。

「瑪堤亞斯和克拉克幾乎一模一樣呢～」

嗯？

我的臉從懷中的瑪堤亞斯大人身上抬起頭看王妃殿下。

「他們像得令人不禁懷疑是雙胞胎喔～待會兒要看以前的肖像畫嗎？」

「啊，不用了。」

「唉呀，真可惜～」

王妃殿下心情很好。在一旁聽到這句話的克拉克大人心情也很好。

「這樣啊。所以妳會如此疼愛瑪堤亞斯也是理所當然的呢。」

「這樣啊」是怎樣啊？

儘管我有些無法苟同，我得到疼愛瑪堤亞斯大人的許可了，所以我要盡情疼愛他。啊啊，好可愛喔。臉頰軟呼呼的。

「蕾蒂，癢癢～」

「呵呵呵呵，好可愛喔——！」

當我貼著他軟嫩的臉頰磨蹭時，聽到他求饒的聲音。可是沉迷於這個觸感的我無法制止自己。

在我不停磨蹭時，聽到他又叫又笑的聲音。我認為這是他喜悅的表現，於是繼續磨蹭。

「軟呼軟呼～柔嫩柔嫩～」

「呀哈哈哈哈！」

「好～軟～喔～」

「嗯呀——！」

笑聲也好可愛。他肯定是真正的天使。

在我想著還不夠，繼續把臉頰貼上去時，人突然從我手中離開了。咦？為什麼？

克拉克大人抱著瑪堤亞斯大人對我微笑，接著把瑪堤亞斯大人交給王妃殿下。

「啊～瑪堤亞斯大人～」

我不禁伸長手尋求從手中離開的慰藉，克拉克大人握住我的手。

幹嘛幹嘛？即使我不停甩手也甩不開。幹嘛啦？

克拉克大人就這樣朝我靠近，把嘴貼近我的耳邊。

這個人為什麼老是喜歡在我耳邊說話啊？正常說話不就好了嗎！

「蕾蒂。」

氣息打在我耳上。別～這～樣～啊～

「聽說我和瑪堤亞斯長得一模一樣。」

這點王妃殿下剛剛說過了。克拉克大人離開我的耳邊，接著正面看著我說話。別這樣，別正面看著啊。

「所以，妳可以疼愛我來代替瑪堤亞斯。」

這麼說完便把頭靠著我的肩膀磨蹭。噫噫噫噫噫噫噫！

「怎、怎、怎、怎……」

「嗯？」

「怎麼可能有辦法代替啦——！」

我這麼說著邁步狂奔，背後傳來克拉克大人的笑聲。別笑！別笑啦——！

於是我和克拉克大人玩起捉迷藏，王妃殿下和瑪提亞斯大人則在一旁悠哉地看著我們。

說不出口

我最近老是隨之左右！

我搖搖頭，不可以再這樣下去。

太奇怪了，我應該不是這麼容易被牽著走的人才對。

「咦？都結婚了才說這個，未免太遲了吧？」

「瑪莉亞，別說太遲了。」

我恨恨地瞪著她說，她步步往後退。

「我想要讓他啞口無言。」

「直接請他啞口無言不就好了嗎？」

「才不是這樣。瑪莉亞，我才不是這個意思。」

「只要是王太子妃大人提出的要求，他肯定全都會答應。請您試著要他轉三圈之後汪汪叫吧。」

「絕對不說。我絕對不會這樣說。」

「真可惜……」

瑪莉亞真心感到遺憾的樣子。雖然我就早知道了，她的個性還真壞。

「我說啊，我不是想要這種，而是想要嚇他一大跳。」

「您想要嚇他啊～？」

瑪莉亞擺出思索狀。她動作可愛得難以想像方才居然說出那種過分的要求。她的外表和思想有驚人的落差。

「啊！」瑪莉亞發出相當喜悅的聲音。

「您說出『我討厭你』就可以了！」

「什麼？」

「我認為他絕對會哭出來。」

「哭出來……」

會哭出來……嗎？我完全無法想像他的哭臉。

「絕對會哭喲。因為王太子大人太太太喜歡王太子妃大人了。」

「如果路易王子對妳說討厭妳，妳也會哭嗎？」

「不，完全不會。」

可憐的路易王子。他應該再多努力一點，好讓瑪利亞喜歡上他。

我看著瑪莉亞，她自信滿滿地昂首挺胸。

「嗯～」

我不禁發出呻吟。

◇◇◇

也不是不能試試看。

豁出去的我站在克拉克大人的房門前。雖然已經結為夫妻，在我的堅持下我們分房睡。

「咚咚！」我敲了敲門。

「是誰？」

「我是蕾蒂希亞。」

「噠噠噠噠噠！」我說出名字的瞬間聽到巨大聲響，房門下一秒被用力打開。

「蕾、蕾蒂希亞！」

「啊，是。」

克拉克大人面露驚訝的表情，我也對第一次看見的反應心慌。克拉克大人看著我一會兒，雙頰變得稍微緋紅。

「妳、妳第一次來我的房間……」

「咦？」

咦？是這樣嗎？

我這麼想，試著挖掘記憶，但包含小時候在內，我確實不曾拜訪過他的房間。

順帶一提，雖然結婚之後我也不曾來過克拉克大人的房間，但他很常來找我。真希望他別這樣做。

克拉克大人手摀著嘴不停顫抖。他很冷嗎？

「蕾、蕾蒂希亞來我的房間……太開心了……」

不對，他似乎是開心得發抖。

「那個……我可以進去嗎？」

「啊，可以。」

看他站在房門口發抖也很傷腦筋，我一問他便立刻領我進房。接著他要我直接坐下，我沒反抗便坐了下來。

「那麼，妳有什麼事嗎？」

克拉克大人無從掩飾他歡欣雀躍的樣子。感覺他平常更加冷靜，現在情緒都顯露在外。

「這個……那個……」

「嗯？」

不是平常別有含意的笑容，而是發自內心的開心笑容。

「啊……那個……」

「嗯？」

他微微歪頭，看起來依舊很開心。

「唔……」

「蕾蒂？」

克拉克大人的心情好得不得了。要是有尾巴，現在肯定甩個不停。我看著這樣的他，無法把話說出口。

怎麼辦？

偷偷看他一眼。

他好開心。

「那個……」

「嗯。」

「我……」

啊——別露出那麼純真的笑容啦。

「我？」

「我討……」

「我討？」

別覆誦！

「我討厭……」

我說到這邊抬起頭，克拉克大人失去了方才的模樣，臉龐染上絕望的表情。

啊啊。

啊啊，討厭啦！

「我……不討厭你啦。」

「蕾蒂！」

可惡——！

下一秒，他露出燦爛的笑容。感覺又看到不停甩動的尾巴了。

可惡——！

我領悟到自己敗北，對開心的克拉克大人微笑。

覺得太不講理了

「瑪莉亞不和路易王子結婚嗎？」

「怎麼可能和他結婚啊？」

瑪莉亞秒答。可憐的路易王子。

「長得好看、有錢，而且對妳一往情深。只看條件很不錯啊？」

「年齡不行啊。」

果然是這點啊～

瑪莉亞和我一樣十七歲，路易王子十三歲。只差四歲雖然覺得沒什麼大問題，問題應該在於現年十三歲這點。有犯罪感。我也無法與這個年齡的男性交往，如果克拉克大人是這個年齡，我應該早就已經逃到國外了。

「要是我現在接受路易王子的求婚，大家會怎麼想？就是個蒙騙純真少年的魔女啊。」

嗯，確實如此。十三歲很明顯還是少年，成熟女性和少年結婚……確實會被如此認為。

我也這樣覺得。

「路易王子為什麼會向妳求婚啊？」

「我也不清楚。畢竟我和路易殿下只相處了三個月喔？我家很快就沒落了。」

這三個月內發生什麼事了？儘管我很想知道，一想到問了之後又要開始聽那個沒完沒了的故事，就怕得不敢去問。

因為這樣我才改問瑪莉亞，瑪莉亞卻不清楚的樣子。太神祕了。

「如果路易王子十八歲，而妳二十二歲的話，或許還匹配得上。」

「是啊。不過二十二歲代表我嫁不出去……」

瑪莉亞望向遠方。她肯定有自己嫁不出去的預感吧。因為路易王子會使出全力阻礙她的婚事，還會動手腳不讓她和男性見面。

路易王子計劃綁架瑪莉亞應該也與年齡有關。十七歲正值適婚年齡。

「到底該怎麼辦才好呢……」

瑪莉亞認真地煩惱起來。

「可憐的瑪莉亞……」

「王太子妃大人……」

「妳終於理解我承受的痛苦了吧？」

「您都不安慰我！」

瑪莉亞雖然相當不甘心，仍舊替我準備茶水。真是專業。

在中庭悠閒地喝茶，放鬆地釣魚真是太棒了。

我享受溫暖的陽光昏昏欲睡，感覺瑪莉亞用怨恨的眼神看著我。

「我收到他送的連身睡衣了。」

「那跟我沒有關係。」

「不對，正常來想絕對和王太子妃大人有關係吧？」

「是那個笨蛋王子自己要做的事，與我無關。」

「告訴他連身睡衣的是王太子妃大人吧？」

「不是我告訴他的。我只是纏在他身上而已。」

「這是同一件事吧！」

「我想要纏上瑪莉亞脫下來的衣服。」

「出現了啊啊啊啊啊啊啊！」

突然冒出來的聲音使得瑪莉亞邊叫邊後退。路易王子沒感到不悅，步步朝瑪莉亞走近。

「瑪莉亞，妳今天也好美。」

「我希望您別靠近我。」

「我也好愛妳冷淡的態度。」

「我不愛您。」

「沒問題，只要我愛妳就好。」

「這個人根本無法溝通——！」

瑪莉亞邁步狂奔。不過由於她還在工作中，只能在中庭裡跑。真是專業。

在中庭裡開心地與瑪莉亞妳跑我追的美少年只有外表好看。我心想：「真養眼。」同時喝著茶。

「唉……我好想回國……」

後頭的聲音讓我轉過頭，結果看見萊爾站在那裡。

「你沒什麼精神耶。」

「當然沒精神啦。一下子要我去找送給瑪莉亞的禮物，一下子要我告訴他女性會喜歡的東西，還把應付母國的工作全推在我身上，最後竟然還要我去準備連身睡衣……」

還真是勞心勞力，隨從真辛苦。我是千金小姐真是太好了。

話說回來，路易王子應該是來留學的吧？但我只看到他追在瑪莉亞的屁股後面跑，沒看到他學習的樣子，這樣可以嗎？應該可以吧。肯定是這樣。

「拿去，吃個點心打起精神來吧。」

「非常感謝您……」

我這麼說，遞出盤子上的餅乾給萊爾。萊爾一邊道謝一邊把餅乾放進嘴裡——接著噴了出來。

「嗯！咳咳！唔！」

「我為了要嚇克拉克大人做的，如何啊？」

「什麼『如何啊』啦！請別把人當作試驗品！」

「你對超辣餅乾的感想如何？」

「超辣、超難吃！糟透了。」

「太棒了，成品超完美。」

「都沒有人要溫柔對待我！」

我才不管萊爾在哀號什麼。在我想著該怎麼讓克拉克大人吃下成功作品時，一個影子從上方覆蓋住我。

「蕾蒂。」

啊，這是情況糟了的聲音。

我緩緩抬起頭往上看。

「克、克拉克大人，您好呀？」

「我心情很不好。」

我想也是。您在生氣對吧？可是為什麼？

「蕾蒂。」

「是！」

「我可沒有允許妳和男人一起喝下午茶。」

竟然是這個嗎——！

因為超辣餅乾紅了一張臉的萊爾露出焦急的表情。

「不，這是他們中途擅自……」

「蕾蒂。」

儘管我想要解釋，卻被他溫柔的聲音打斷。聲音明明這麼溫柔。只有聲音！

「跟我來一下。」

「是……」

我只能回應。

我可不會忘記萊爾用「活該」的表情看著我被帶走。

下一次絕對要讓那傢伙吃超酸餅乾。

第一次約會

不小心就成功脫逃了。

輕而易舉成功讓我有點傻眼，多虧如此我現在才能跑來城裡逛。

這是我第一次到城裡探險。

好多攤販，好多店家，還有好多人！

這第一次的經驗讓我興奮地往前走。只是看見活力充沛的街景就讓人感到開心。

「大叔，請給我這個！」

「好喔～」

我在攤販買了糖雕。雖然這是我第一次自己買東西，我還是有該如何購物的常識。支付大叔說的金額後，我拿到糖雕。

閃閃發亮的糖雕如此美麗，價格竟然如此低廉，我覺得他可以再賣更貴一點。

我想著真可惜，同時舔著糖雕。哦～好甜——！庶民的點心好甜——！和平常吃的東西是不同的甜。

「小姐。」

當我享用糖雕時，後方傳來呼喚我的聲音。

「要不要和我一起去喝茶？」

來者朝我伸出手。

這個！就是傳聞中的搭訕！

我眼神凶惡地瞪著對方的臉看，但立刻轉變為驚傻的表情。

「克拉克大人？」

「答對了。」

喂，很好認好嗎？就算身穿平民風格的衣服，這也是我每天看的臉啊。

「為什麼要做這種事？」

「我想妳也差不多對普通逮捕妳的方式感到厭倦了。」

這個人不知為何從以前就認為，我會因為厭倦而做出奇怪的行為。

我並沒有逃脫的癖好喔？我可是很認真地在逃跑喔？

「我不需要這種餘興節目。」

「這樣啊。」

克拉克大人一臉遺憾。他的打扮與平時不同，是在城裡工作的好青年模樣。我心想：

「服裝不同，氛圍也會隨之改變耶。」直直盯著他看。就連穿上這種衣服也很好看，美男子還真吃香。

「蕾蒂。」

我看過頭了！

我回過神來別開頭。太危險了、太危險了。差點又要平白讓他開心了。

我抬起頭瞥他一眼，他帶著柔軟的微笑。

「機會難得，我們去約會吧。」

「約會？」

「其實我今天為了要約會，才會放妳逃脫。」

果然是設計好的。

說的也是。因為很輕鬆就逃脫成功，士兵們還刻意別開視線。

「約會是那個和心儀的異性一起出門做些什麼活動的約會嗎？」

「妳很清楚嘛。」

「約會……」

我想起前陣子偷讀的愛情小說中出現的約會。男女兩人感情要好地手牽手逛街，接著在最後……親親。

「不、不可以在公眾場合做不知廉恥的行為！」

「什麼？」

看見我羞紅了臉，克拉克大人一臉困惑。

「因為在小說中，約會後會有很不得了的發展啊！」

「蕾蒂希亞，妳看了什麼啊？」

「我辦不到——！」

「冷靜點。」

克拉克大人耐心十足地對大吵大鬧且躁動的我說明。

「聽好了，那頂多只是小說內容，很少會有那種發展。」

「但是親親……」

「那個啊……那只是一種戲劇表現。如果真的跟小說寫的一樣，那麼這一帶大多數人都在親親了。」

「確實如此……」

「那是小說，現在是現實。」

「是。」

「所以只要開心地逛街就好。」

「我明白了！」

如果是這樣就可以！我想看看街上！

看見我頓時變得滿心想要盡情享樂，克拉克大人露出微笑。

「話說回來，蕾蒂。」

「是的？」

「妳為什麼會看那種小說呢？」

我全身僵住。

克拉克大人對嘴巴不停張闔的我窮追不捨。

「妳明明說過很討厭看那種書，妳對戀愛產生興趣了嗎？」

「才、才不是！」

我慌慌張張地否認。

「只只只只只是因為房間裡有，而且我又很閒，所以才會拿起來看。才不是因為想要知道戀愛之類的啦！」

我拚命辯駁。克拉克大人則摸摸我的頭。

「嗯，我很開心。」

「您有聽我說話嗎？」

「沒想到蕾蒂希亞開始對戀愛產生興趣了。」

「果然沒在聽！」

即使我再次重申並非他想的那樣，他仍笑著不當一回事。好不甘心。

「那麼，可愛的蕾蒂。」

「別說會讓人牙疼的話。」

「我美麗的妻子。」

「真的希望您別這樣。」

我知道自己的臉越來越紅，也知道克拉克大人樂在其中。

總有一天一定要變成不管他說什麼都沒有反應的人。

「一起開心地約會吧。」

只有這點我同意，所以搭上他伸出來的手。

◇◇◇

「今天是一年一度的祭典。」

原來如此，所以才有攤販吧。

我聽到克拉克大人的話之後，點點頭看著四周。接下來要吃什麼呢？

「蕾蒂。」

克拉克大人牽著我的手稍微用力。

「其實我沒有上街過，要買東西時該怎麼辦才好？」

騙人的吧？

我如此想著仔細觀察他，卻怎麼看都不認為他在說謊。

不過說的也是。這個人是王族，在城堡裡是眾人捧在手掌心的存在，根本沒有自己購物的必要。

連我自己也是。其實今天也是我第一次自己買東西。

克拉克大人有點雀躍。我隨著他的視線看過去，前方是賣現榨果汁的店。

「您想喝嗎？」

「我沒有喝過那種東西。」

「我想也是呢。」

讓他在身邊興奮雀躍也很傷腦筋，我對他說明該怎麼買東西。

「聽懂了嗎？」

「懂了。」

「那麼，請拿這個去買吧。」

「這麼小一枚硬幣真的買得到嗎……」

克拉克大人連硬幣都是第一次接觸，非常感動地看著手上的硬幣。一會兒之後，他捏緊硬幣作好覺悟邁出步伐。

克拉克大人走到店家便和老闆說話。看他有點不知所措，似乎是果汁的種類太多了。克拉克大人，這種時候就要問對方推薦什麼！

我不安地在一旁守候他，就跟看孩子首次挑戰的母親心情相同。寶貝兒子，加油！好不容易選好，他拿著老闆笑著遞給他的果汁走回來──帶著滿面笑容。

「我買到了！」

第一次跑腿成功了。

他自豪的表情有點可愛，我還帶著「寶貝兒子」的濾鏡看著他嗎？現在的我充滿母愛。

「真是太好了呢。」

他對我的話感到滿足，同時喝著果汁。

「第一次喝到這種味道！還挺好喝的呢。」

看來他很喜歡。

「我知道該怎麼買東西了，這樣一來我們以後就能一起偷溜上街了呢。」

「不行，你不可以頻繁偷跑出來。」

「沒問題，只要別被發現就好了。」

「會被發現吧？反過來說，要是沒人發現，問題才嚴重。」

要是最應該被嚴正保護的人隨隨便便就能偷溜出來，他的護衛也太怠惰職守了。

「那就大大方方地出門。」

「更別這樣做。否則只會引起大混亂！」

「可是我今天也是大大方方地出門喔。護衛基本上離我們有一段距離。」

「這樣啊～」

這邊有士兵嗎？我看不出來。

「他們有變裝。要是身穿鎧甲，我們也不用約會了。」

「這樣啊。」

「所以我們隨時都能約會喔。」

「我並沒有特別想約會。」

我明明老實地陳述我的心情，他卻止不住笑意。幹嘛啦，想說什麼啦！

「嗯，再來約會吧。」

「我明明說了我不想約會耶。」

「嗯，別擔心。」

「我明明說了我不想約會耶！」

他笑著不把我的話當一回事。絕對被扭曲了！我明明就說了我不想要約會！

我用手搧風，試圖替因為約會一詞紅透的臉降溫。

「蕾蒂，來喝這個。」

他這麼說著，把剛剛的果汁遞給我。

「啊，謝謝。」

我正好口渴了，便滿懷感激地收下。酸酸甜甜很清爽的味道，這果汁用了什麼水果呢？

當我喝著果汁，克拉克大人的臉紅了起來。為什麼？

克拉克大人頂著紅透的臉頰凝視著我。

「間接接吻……」

「噗！」

我不禁噴出果汁。

「間、間接……你讓我做了什麼事啊！」

「沒有，我拿給妳的時候還沒有發現……」

「你別這個表情！」

「對不起，自然而然就笑出來了。」

「別笑！」

我使出全力抗議，他卻仍舊是一張笑臉。

「我要把吸管帶回家紀念。」

「別這樣做！」

克拉克大人很珍惜地藏著吸管，我想要搶過來也搶不過來。

「不好意思，只有我有紀念品。」

「別把那個當作紀念品！」

即使抗議他也不聽，克拉克大人把吸管收入懷中，牽起我的手走進一家店。

哦哦，這是庶民賣小東西的店。第一次看見的小東西讓我心情躍動，每個都閃閃發亮的好漂亮，而且價格還很實惠。好棒，普通的店好棒喔。

當我看著架上的胸針時，克拉克大人叫了我一聲。

「蕾蒂。」

克拉克大人遞給我一個袋子。是什麼時候買的啊？動作好快。

我走出店家打開袋子。

「……音樂盒。」

那是一個有著精細雕工的音樂盒。

「即使在這邊買飾品，也會因為我們的身分不能配戴。妳喜歡這種東西對吧？」

是的，我喜歡。非常喜歡。

感覺我在他面前似乎無所遁形，讓我不自在。

「謝謝您。」

我微笑著道謝後，克拉克大人微微臉紅。

順帶一提，克拉克大人將吸管鄭重地裝飾在房裡。給我丟掉啦。

女僕裝似乎是種浪漫

「女僕裝似乎是種浪漫。」

布可愛突然跑來，開口就說這種不明就裡的話。我狐疑地看著她。

「雖然不清楚妳想要說什麼，但我知道妳正在說很噁心的話。」

「很噁心是什麼意思啦！」

布可愛相當憤慨，可是我才不管。

「那妳有什麼事？」

「呵呵呵，既然妳誠心誠意地發問了！」

布可愛一臉等我這句話很久了，從她手上的紙袋裡拿出那樣東西。

「我卯足幹勁做出來了！女僕裝！」

她自信滿滿攤開給我看的，是漂亮的女僕裝……才不是。不對，這確實是女僕裝，但不是我所知的正式女僕裝。當然也和瑪莉亞身上的侍女裝不同。

「為什麼裙襬這麼短啊？」

「因為這樣才棒啊。」

「哪裡棒？這樣腳全都被看光光，會很害羞吧？」

「反倒得說不短不行啦。」

「可是這樣沒辦法工作吧？」

「沒關係、沒關係。又不是穿這個真的去做女僕的工作。」

我越聽越一頭霧水，和站在身邊的瑪莉亞一起歪著頭。

「明明是女僕裝，卻不做女僕的工作？」

「沒錯。」

「為什麼？」

布可愛驕傲地哼聲說：

「因為這可是集男人浪漫思想於一身的女僕裝啊！」

對比自信滿滿的布可愛，我和瑪莉亞倒退三尺。大大地倒退三百尺。

當然，實際上也真的倒退了三百尺。

我們倆一口氣往後退了好幾步，布可愛則朝我們步步逼近。

「浪漫是什麼意思啊！妳拿什麼東西來啦！」

「去買連身睡衣的女人事到如今裝什麼清純啊！」

「那不是我要穿，所以才買的耶！」

「雖然我賺了不少，王子殿下們突然不來買，所以我得找尋新的收入來源才行！」

「那跟我又沒關係，而且我不會買！」

「拜託妳拜託妳！我們是朋友對吧？」

「對我裝可愛也沒有用！」

「嘖！」

裝可愛朝我靠近的布可愛用力咂嘴。

「只要妳買了，總之就能有一定程度的獲益耶！」

「我才不理妳！妳去找瑪莉亞啦！」

「咦！為什麼找我！」

為了避免和自己扯上關係，靜靜站在一旁的瑪莉亞驚呼。妳可別想要獨自逃脫。

「妳讓迷戀妳的跟蹤狂買給妳不就得了？」

「噫噫噫噫，請別說出這種恐怖的事情啦！」

瑪莉亞大概認真覺得恐懼吧，搓著起雞皮疙瘩的雙臂。

「首、首先，先穿來看看是什麼感覺如何呢？」

瑪莉亞雖然因為恐懼而發抖，仍舊如此提議。看來她非常不想讓年紀比她小的王子買這個給她。

瑪莉亞的提議使得布可愛退縮了。

「喂……妳難不成想讓我們穿，自己卻不打算穿嗎？」

「不是啦……因為這不是做來自己穿的啊……」

「我們也沒有要穿耶！」

瑪莉亞眼眶泛淚如此主張，布可愛便支支吾吾。

「都說妳穿給我們看之後再考慮，妳穿上不就得了？」

「不是啦……妳們看啊……這個腳露太多了嘛。」

「賣連身睡衣的女人在說什麼啊！」

所言甚是。布可愛從喉嚨深處發出呻吟。

「我知道了啦！我穿啦！我穿總可以了吧！」

自暴自棄的布可愛邊叫邊脫下宮廷服。哦哦，她真的打算穿上那個耶。真是大人物……

雖然是我要她穿的，我沒想到她真的會穿。瑪莉亞正在幫忙她換裝。

「如何！」

換好衣服的布可愛站在我面前抬頭挺胸。她的胸部晃個不停，是在嘲諷我嗎？

「總覺得……太緊了呢。」

「因、因為是妳的尺寸，這也是無可奈何的吧！」

我全身上下打量後如此說，布可愛表示這意見太令人意外了。

好可愛。用了大量蕾絲、裙襬超短的女僕裝，老實說比我想像得還更不適合布可愛。魔鬼身材的布可愛一穿，無法否認有硬套上去的感覺。

然而，豐滿身材穿上緊繃的衣服，應該深受愛好者喜愛吧。

「真不合適耶。」

「真不合適呢。」

我和瑪莉亞默契十足地幾乎同時說出同樣的感想，布可愛直接哭了出來。

「我、我……我也很想變成適合可愛衣服的女生啊……」

我們似乎不小心踩到布可愛的自卑地雷了。

「別、別擔心啦！妳不是有對漂亮的胸部嗎！」

「我又不想變成波霸……」

「細腰、豪乳和翹臀，可是所有女性的夢想耶！」

「比起那個，我更想要長得可愛一點……」

不行，完全無法鼓舞她。

布可愛哭哭啼啼的，一點也不像平常的她。妖豔的她確實不適合可愛的衣服，適合她的衣服應該很有限。

「我、我買啦！」

讓她哭個沒完也很受不了，我無可奈何只好這麼說。布可愛立刻抬起頭露出滿臉笑容。

「謝謝惠顧！」

還真是商人本性堅強呢。

不理會我臉頰抽搐，布可愛迅速脫下身上的女僕裝，換回宮廷服。

「要不要姑且試穿一下？尺寸不合就傷腦筋了。」

「不用……我不會真的穿……」

「哎呀哎呀哎呀！別這麼說嘛！」

明明剛剛還哭成那樣，現在已經完全進入工作模式了。

瑪莉亞心領神會地開始拉鬆我衣服上的綁帶。喂，我沒說我要穿！

看著無情滑落地面的宮廷服，就算我抗拒，二對一的情況下早已定出勝負。

一轉眼我已經穿上女僕裝。我壓著雙腿全暴露在外的女僕裝裙襬，因為屈辱而渾身不停顫抖。

「您穿起來好好看——！」

「非常不錯耶。」

就算誇獎我，我也不開心。

「好啦……我會買一套啦，讓我換下來……」

「太可惜了。」

瑪莉亞一臉不滿……然而，她臉上立刻露出微笑。

就在我疑惑地看著她的同時，響起了一個聲音。

「我買十套，價錢任妳開。」

「感謝您的惠顧！」

我戒慎恐懼地回頭看向背後傳來的聲音。

預料中的人物就在那裡，我會驚聲尖叫也是當然。

指導約會？辦不到啦

「我想約會。」

突然來訪的少年王子一臉認真地請託。

所以我邊搖頭邊有禮地回應：

「對不起，路易王子，你完全不是我喜歡的類型。」

「就算妳拜託我，我也不要，猴子女。」

「你說什麼！這句話可不能當作沒聽見！」

「我可是知道妳偶爾會從樹上下來！」

「我可是！非常優雅地！從樹上下來！」

「跟優不優雅無關吧，山猴子？」

「吱——！」

我一不小心就跟山猴子一樣大叫，想要一把揪住路易王子。萊爾連忙阻止我。

「吱——！萊爾，你放開我！」

「好了、好了，蕾蒂希亞大人，請您冷靜。妳看，沒事了、沒事了。」

「吱——！別把我當成猴子——！」

萊爾根本是提油救火，我抓住他的頭髮。雖然我似乎聽到他喊痛的聲音，那肯定是我的錯覺。阻礙我的人毛囊死光光最好。

我稍微冷靜後，重新面對當自己房間走來走去的路易王子。

「然後，你說什麼約會？」

「所以說，我想要約會。」

「所以說，我拒絕你。」

「妳明知道我在指什麼，還故意這樣說吧！」

路易王子憤慨地氣紅一張臉。

「我沒義務聽把人當猴子的人說話。」

「我知道妳前幾天和克拉克殿下去約會了。」

「聽人說話！」

「我也想要約會。」

「你高興想怎麼做就怎麼做吧——在你自己的國家！」

「我！現在！想要！在這個國家！和瑪莉亞！約會！」

「你別一句話分這麼多段說！」

「我想要和瑪莉亞約會！」

「別只說重點！」

「所以妳要幫忙我，猴子。」

「吱——！」

我再次大叫，萊爾也再次抓住我的雙手，所以我再次毫不客氣地狠狠抓住他的頭髮。

哼，儘管變成禿子吧！

「然後呢，你到底想要我做什麼？」

「希望妳教我約會該做些什麼。」

「誰知道那種事情啊！」

「妳不是前幾天才約會過？」

「我沒有去約會！只是出門而已！」

「那就叫做約會吧？」

「就說只是出門了！」

我都說了不是約會，這孩子有夠煩人！就是這樣才會被瑪麗亞討厭，死小孩！

萊爾一臉欲言又止的模樣看著我。幹嘛，想說什麼？根據他說出口的話，我可能會繼續抓他的頭髮！

「那就當作出門而已，教教我啦。」

「我不知道啦。我真的只是上街四處閒逛而已。」

路易王子明顯對我的回答無比失望，用力嘆氣。

「怎麼這麼沒用啊……」

「你說什麼！有種再說一次！」

「沒用的傢伙！」

「吱——！」

萊爾這次沒阻止我。再怎麼說都不能抓王族的頭髮，所以我輕輕捏他的臉頰。明明只有輕捏，他叫個不停有夠吵。所以說溫室長大的小少爺真沒用！

「約會什麼的，最主流大多都是上街閒逛散步！」

「什麼！只要這樣就好了嗎？」

「基本啦，基本！然後在走進去的店家買個禮物送她！」

「只是這樣嗎！」

「聽起來簡單，所以才困難！如果你有辦法做到就去試試看啊！」

「好！瑪莉亞，我們出門吧！」

路易王子露出符合他年齡的燦爛表情非常可愛。他立刻抓住在一旁倒茶的瑪莉亞的手，直視著她的眼睛說，瑪莉亞也染紅她白皙的臉頰。

「為什麼我非去不可？為什麼不問我有沒有空？我現在正在工作中之類的，我有非常多話想說，但你們別在當事者面前商量約會的事情啦——！」

瑪莉亞的尖叫聲在房內迴蕩。

和平的日常

「王太子妃逃跑了！」

「王太子妃大人——！」

今天王城內也活力十足。

我一邊這麼想，一邊挑選今天晚會要用的禮服。要從眾多禮服中找到最近沒有穿過且適合吾主的禮服，必須耗費一番工夫。

吾主蕾蒂希亞大人是我服侍的女性。從她還是公爵家的小小千金時代起，就由我負責照顧她的生活起居。

因為納提爾大人的考量，有段時間將我調離蕾蒂希亞大人身邊，但在克拉克殿下的安排下，蕾蒂希亞大人結婚之後，我也能夠以侍女的身分來到王城在小姐身邊服侍。

「找到了嗎——！」

「不在這邊——！」

「今天到底逃到哪裡去了——！」

已然成為日常光景的這一幕使我不禁莞爾。

吾主今天似乎也逃跑了。

她從婚前就有逃跑的壞習慣，總是為了逃跑採取行動，而這點在結婚之後也沒有改變。

只要有一瞬間逮到機會，就會興高采烈地逃跑。

雖然我覺得尋找她的士兵很可憐，但在這個和平的時代裡，應該是個很棒的運動。

今天選粉紅色的吧。

我拿起選好的禮服，接著要挑選小配件。小配件放在這個衣物間的一角。

我走到那邊時，發現熟悉的腦袋趴在地上。

「……蕾蒂希亞大人？」

「哇呀啊！」

我一呼喚她，她便嚇得跳了起來。

「討厭啦，莉莉，妳別嚇我啊！」

這是我要說的話。

「您在這裡做什麼呢？」

「應該就在這附近才對啊。」

「什麼東西？」

「密道。」

竟然！

「真奇怪耶。我記得這座城堡的機密平面圖上確實有畫啊。」

「您是在哪裡看到那個東西的呢？」

「嘿嘿嘿嘿嘿，這十年來有很多機會嘛。」

這不是值得昂首挺胸、驕傲自豪的事情。

「蕾蒂希亞大人，您要胡鬧也有個限度。」

「這也是為了自由！」

「您現在已經幾乎完全自由了吧？」

「這是兩碼子的事！」

蕾蒂希亞大人揮動拳頭。

「現在確實沒有太子妃培訓了。因為我已經是王太子妃，直接實踐了啊。晚會次數的確比我想像得少，公務也不太多。說來說去我釣魚、爬樹、午睡之類的，確實過得很悠閒。但這是兩碼子的事！」

她湊到我面前逼問我：「妳懂嗎！」我點了點頭後，她相當滿意。也是，這樣沒有隱私的生活也不能說自由吧。

「話說回來，我都逃跑成這樣了，我的評價應該變得很差吧？有沒有機會因為醜聞而離婚啊？」

「我想應該沒有。」

我秒答後，蕾蒂希亞大人鼓起臉頰。

——蕾蒂希亞大人以為自己的評價變差，實際上並非如此。

蕾蒂希亞大人認真地完成公務且行為舉止沒有缺失，真不愧是白白接受十年太子妃培訓的人。她也只在城堡裡淘氣，雖然有逃跑的壞習慣，她每天過得很悠閒，偶爾還會和士兵分享她釣到的魚。

人民本來就知道她是下一任王太子妃，她的勤奮也深受眾人信賴，所以市井沒有任何不滿。再加上布莉安娜小姐的宣傳，蕾蒂希亞大人接受的太子妃培訓有多辛苦、承受這一切的蕾蒂希亞大人有多了不起的事情傳開來，她的支持者增加了。

她的評價反倒可說是水漲船高。

受到眾人景仰，小小的逃跑壞習慣根本不算什麼。

然而沒發現這件事情的蕾蒂希亞大人一臉不滿。

不過陪伴她多年的我明白，蕾蒂希亞大人不是真心想要離婚。

「找不到密道耶。把地板挖開吧。」

「請您別說這種恐怖的話。」

破壞王城未免太恐怖了。

「哎呀，說不定就藏在這種地板下面喔！感覺興奮起來了耶！我們挖開地板吧！」

「請別這樣做。」

雖然她眼睛閃閃發亮地說，但怎麼可能允許她這麼做。

「——蕾蒂？」

我聽到身後傳來聲音，只見眼前的蕾蒂希亞大人開始發抖。

「克、克拉克大人？您、您好……」

「哎呀，蕾蒂，聽說妳又逃跑了？」

「沒有啊，我只是在和莉莉說話而已。」

「是在說找密道的事情嗎？」

被拆穿了。

蕾蒂希亞大人一臉鐵青。

「妳知道的事情，我怎麼可能不知道呢？妳說是吧？」

我感覺克拉克大人在我背後笑著，好恐怖。

在被牽連之前先撤退吧。

「蕾蒂希亞大人，那我先告退了。」

我拿起幾個小配件離開衣物間。

「妳別拋棄我啊啊啊啊！」

我似乎聽見蕾蒂希亞大人的慘叫聲，但應該是聽錯了吧。

我重振精神繼續準備晚會相關事宜。

全新番外

與王子的邂逅

「婚約？」

我聽不懂父親這句話的意思，重複一次聽到的名詞確認。父親哭哭啼啼的，母親則滿臉笑容。哥哥一聽到這個詞立刻說：「我有很多事情得先做。」就跑走了。

哭哭啼啼的父親，滿臉笑容的母親。這幅畫面過了一會兒也沒變化，所以我再度開口：

「婚約是什麼？」

原本哭哭啼啼的父親開始嚎啕大哭，母親仍然滿臉笑容。

「就是訂下結婚的約定喔。」

母親代替無法說話的父親解釋。結婚——這個我知道！

「我要當新娘了吧！」

就在一個月前，雙親帶我去的那個……忘記名字的伯爵的婚禮。女性穿著漂亮的白色婚紗走在教堂裡，和身邊的男人一臉幸福地笑著，非常漂亮。

「可以穿那個禮服嗎！」

母親安撫興奮的我。

「不是現在立刻，要等妳再長大一點。」

「咦——！」

我現在就想穿耶！

母親摸摸生悶氣的我的頭。

「結婚訂婚什麼的都還太早了啊……」

父親仍舊邊哭邊碎碎唸著什麼，但母親完全不理會。母親這麼做的時候，就是別管比較好的時候。

我不理會仍哭個不停的父親，盡情享受母親的摸頭時光。

◇◇◇

聽說今天要和未婚夫見面。

「我的未婚夫在城堡裡嗎？」

我一問，父親便點點頭。

「是啊。與其說在城堡裡……倒不如說他就住在那……」

最近哭個不停的父親眼睛紅通通的，眼睛周遭也腫得跟核桃一樣好醜。

我來過王城好幾次。平常我都到中庭去，但今天似乎要跟父親一起進入城堡裡。雖然平常都說我會打擾辦公不准我進去，今天沒關係嗎？

我不太有機會走進城堡裡，所以有點緊張。我抱著冒險旅人的心情走在王城裡。

「妳接下來要乖乖的喔。」

走進王城深處，站在我有生以來看過最大的一扇門面前，父親如此說。我乖乖地點了點頭。父親看到我的這副模樣，又稍微哭了出來。

「妳這麼乖……還只有七歲啊……」

「父親快一點。」

「女兒好冷淡喔喔喔……」

父親哭著說，同時擦拭眼淚。還是孩子的我也覺得父親很沒用。我稍微聽說過雖然年紀還小，哥哥現在已經擔負起父親大半的工作了。

我可以想像父親被兒子趕到窮鄉僻壤去的樣子，覺得他很可憐。

雖然很想拍拍父親的肩膀，但我不夠高，只能攀住父親的腿。

看見我這樣，父親摀住嘴。

「女兒好可愛啊啊……！」

「父親快一點。」

「女兒好嚴厲喔喔喔……」

父親哭哭啼啼地對門前的士兵報上名號。

士兵拉開大門。

慢慢敞開的門後，有位稍顯福態的男性、不曾見過的妖豔美女，以及跟我年紀差不多、漂亮得跟娃娃一樣的男孩。

「陛下，今日承蒙您……」

「不用這麼拘謹，我們將來就要成為一家人了。」

父親稱呼「陛下」的福態男性微笑著對我招招手，我乖乖地走了過去。

「哦哦，這還真是可愛。我兒子似乎是外貌協會的呢。」

男性笑著摸摸我的頭。外貌協會是什麼啊？

「唔呵呵，好可愛～我也好想要這種女兒～」

陛下身邊的美女把我抱起來。

「哎呀，到了這個年紀，女孩子也頗沉的呢～」

「一、一點也不沉！」

「哎呀，聽到別人說沉就會生氣，真是不折不扣的女孩呢～」

美女呵呵笑著把我放下地。

「來，蕾蒂，要和妳見面的是這個人喔。」

美女推著我的背讓我看前方，開門時看到的漂亮男孩就站在我面前。

「娃、娃娃……」

「咦？」

「娃娃說話了！」

精緻的臉蛋說話嚇了我一大跳，我緊緊抱住父親。

父親不知所措，陛下和美女則大聲笑了出來。

「克拉克，真是太好了呢～她說你跟娃娃一樣呢～」

「母親大人，這對男孩來說不是讚辭。」

「哎呀～還真難懂呢～」

「她覺得你很漂亮，你老實點感到開心不就得了～」

「對吧～」陛下和美女對看附和，男孩看見這一幕無言以對。

男孩輕輕轉頭背向陛下和美女，朝緊緊抱住父親腳的我走過來，朝我伸出手。

「蕾蒂，我是克拉克，妳的未婚夫。」

「克拉克……未婚夫……」

我重複他說出口的話，父親要我握住他的手。我知道這種時候該怎麼做，要自我介紹！

「我是蕾蒂希亞．道曼，克拉克大人。」

我一笑，克拉克大人便紅了臉。

「哎呀。」

「呵呵呵。」

「嗚嗚嗚嗚……」

看見這一幕的三個大人各有不同的反應。

「父親大人，我要和這個人結婚嗎？」

「嗯、嗯，是這樣沒錯。」

「太棒了！我可以跟這麼帥氣的人結婚啊！」

「帥、帥氣……？」

「克拉克大人非常帥氣！」

我緊握克拉克大人的手說，克拉克大人便紅著臉，眼睛也稍微溼潤起來。

「真青澀呢～對了，蕾蒂妹妹，妳想不想去看花田？中庭現在正好是賞花佳期呢～」

「花田！我要去！」

美女聽到我的回應後笑著跟士兵說了些什麼，接著便邁開腳步。由於大家都跟著走，我也跟在後面走。

之後抵達我很熟悉的中庭。

「哇！」

原以為很熟悉的中庭，是一整片盛開的花海。

「雖然不是玫瑰那種華美的花卉，我想妳應該很喜歡這種，所以就放任它們生長了～」

「哇！好多花！」

小花朵開滿整個地面的樣子非常美，我跑進花海中心坐下來。

當我因為花海興奮時，克拉克大人也在我身邊坐下。他對我微笑，我也回以笑容。他又臉紅了，是因為很熱嗎？

「哎呀～兩個人感情這麼好地坐在一起呢～」

美女開心地笑道。

「那接下來就交給年輕人自己來吧～」

「嗚嗚嗚嗚嗚嗚，讓他們兩個人獨處還太早了……」

「你快給我過來！」

我目送父親被美女拖著離開。

我摘下花。

「妳要做什麼？」

「我在書上看過！我要做花環！」

「這樣啊。」

我把摘下來的花一個一個串起來。

「咦？」

應該要變成花環才對，但好幾個地方散開，變成鬆散的圈圈。

「失敗了……」

書上明明寫著這樣就可以做出來耶。

我好傷心，知道自己眼中涔滿淚水。

「嗚嗚……」

「蕾蒂。」

「嗚咦？」

在我哭出來的同時，有個輕柔的東西擺到我頭上。

我輕輕伸手碰觸。

「是花環！」

我開心地拿起花環。

我自己做的四處散開，變成一個不知是什麼東西的物體，這個則圈成了很漂亮的圓。

「謝謝你！」

我向克拉克大人道謝後，他紅著臉低下頭。

我開心地在他頭上插上一朵花，他露出無可言喻的表情。男孩子是不是不喜歡花啊？

「克拉克大人。」

「蕾蒂，怎麼了嗎？」

「我好喜歡你！」

「啾」的一聲，我在他臉頰上一吻，結果克拉克大人往後倒了下去。

「克拉克大人？克拉克大人！」

我緊張地搖動克拉克大人，他伸手制止我。

「蕾蒂在哪裡學會這個的？」

「繪本上對王子大人這樣做啊！」

「嗯，妳以後不可以對別人這麼做喔。」

「好～的？」

儘管我聽不太懂，還是答應他了。緊接著克拉克大人起身對我微笑，我開心地抱住他，他也回抱我。

「好可愛喔～！來人啊，現在立刻去找畫師來！」

「嗚嗚嗚嗚，親臉頰還太早了啦……」

「你就放棄掙扎了吧。」

克拉克大人緊擁著我讓我很開心，但因為大人們的關係，害我好害羞。

◇◇◇

「蕾蒂，聽說妳要從今天開始接受太子妃培訓。」

幸福一日過後的隔天。

父親表情沉重地對我說。

「太子妃培訓是什麼？」

「就是要妳念書。為了成為新娘，妳要去上課。」

「新娘修行？」

「啊，妳已經知道這種話了啊……」

我這句話使得父親遙望遠方。

「啊——關於那個培訓……」

「嗯。」

「蕾蒂要當將來國王的新娘，所以有很多事情得學習。」

「嗯？」

「啊，妳看起來還搞不清楚狀況呢。」

父親不知該如何說明而抱頭苦惱。

「唉，總而言之，昨天才見完面，今天就要開始太子妃培訓實在太趕了，爸爸去替妳拒絕，妳放心。」

「不可以喔。」

第三者闖入我與父親之間。

「納提爾！」

昨天沒回家的哥哥突然登場，使得父親驚呼。

「蕾蒂希亞要從今天開始接受培訓，我已經安排好了。」

「你、你又在後面動手腳了吧！」

「不，我只有從正面進攻。那麼父親，請您回領地去吧。」

「你、你在說什麼！我也要留下來！」

「我已經收到國王陛下的旨意，王都的工作交給我，領地的工作交給父親。父親還請回到領地。」

「納提爾！」

「我已經安排好馬車了，快點、快點。」

「我、我不要，蕾蒂……」

「太死纏爛打了！」

「惡魔——！」

被哥哥拖著走的父親大喊我的名字。我似乎不能和父親一起回去，所以朝父親用力揮手，父親呼喊我的聲音變得更加激動。

粗暴地將父親塞進馬車的哥哥走回來。

「父親回領地去了嗎？」

「沒錯。」

「我不回去可以嗎？」

「妳還有工作。」

「要做什麼？」

哥哥揚起笑容。

「我們去王城吧。」

◇◇◇

我再次步行在昨天才剛來過的王城裡。只不過，今天不是和父親手牽手，而是和哥哥牽著手。

「要和克拉克大人見面嗎？」

「嗯？是啊，最後會見面。」

最後？

雖然感到不解，我心中仍舊充滿可以見到克拉克大人的喜悅。

哥哥拉著我的手帶著我，走到一扇和昨天那扇門不同的小門前。

「克拉克大人在這裡嗎？」

「不，他不在這裡。」

以為要來見克拉克大人的我不解地歪頭，哥哥對這樣的我說：

「蕾蒂希亞，妳聽好了。這是妳需要學好的事情，越早開始對妳越好。」

「嗯？」

「不管有多麼嚴厲，妳都要忍耐。蕾蒂希亞，聽清楚了嗎？」

「嗯……」

「要是逃跑只會變得更嚴苛。蕾蒂希亞，知道了嗎？」

「嗯、嗯……」

哥哥不停地反覆交代。

「好，那妳好好努力。」

哥哥這麼說著，然後打開門。但他沒有動靜，而是要我自己一個人進去。

我戰戰兢兢地走進房內，門便被關上，還聽見他周到地上鎖的聲音。這樣一來我就沒辦法從這扇門出去了。

不知接下來要做什麼的我恐懼得發抖，同時抬起頭。

面前站著一位戴眼鏡且身形修長的女性。

「蕾蒂希亞大人，初次見面，您好。我是從今天起負責培訓您的人，名叫萊菈。」

女性一見到我，便向我彎腰致意。

「那、那個，我是蕾蒂希亞……」

我畏怯地打招呼後，女性把眼鏡往上推了推。

「不成體統！」

「咦？」

「招呼問候是基礎中的基礎！必須清楚、確實地說出必要事項，並用正確的姿勢行禮才可以！」

「咦？」

「那麼重新來過！跟著我說！『我是道曼公爵之女，名為蕾蒂希亞．道曼。』說！」

「我、我是道曼公爵之女，名為蕾蒂希亞．道曼。」

「聲音太小，太畏畏縮縮了！不成體統，再來一次！」

「噫噫噫噫！」

「別發出這種愚蠢的聲音！」

「是、是的！」

「別加『的』！振作點！」

「嗚嗚嗚嗚嗚嗚。」

「不准哭！」

我搞不清楚為什麼被帶來這裡，也不知道為什麼要被不認識的人罵，我因為恐懼與混亂而嚎啕大哭。

◇◇◇

——我作了這個夢。

醒來後，我在床上整理仍舊一團混亂的腦袋。

沒事，我是蕾蒂希亞．道曼，十七歲。沒錯，已經不是七歲了。

我再次確認那只是夢。

話說回來……剛剛那場夢果然是現實曾經發生的事情吧？

不，確實發生過。就和王妃殿下對我說過的往事一致。王妃稍微美化往事，所以內容有些許出入，但我在夢中看到的肯定是真的。

……我不僅親了王子的臉頰，而且還被所有大人看見這一幕。

天啊，太害羞了。而且我還說我好喜歡他。好害羞！好害羞！

我羞得在床上打滾，突然在床邊撞到了什麼東西，立刻停下動作。

我慢吞吞地從床上坐起身。

「蕾蒂，早安。」

克拉克大人在面前。

「呀、呀——！」

即使把枕頭丟過去也輕而易舉就被他接住。

「您、您為什麼在這裡！」

「瑪莉亞來找我，說妳叫不醒，她不知道該怎麼辦才好。聽說妳在呻吟，我就來看看妳的狀況了。」

克拉克大人探頭看著我問：「作惡夢了嗎？」我忍不住往後退。

「與、與其說是惡夢……」

「嗯？」

克拉克大人等著我的下一句話。看著他的臉，我想到夢中男孩的面容。

我，親過這個臉頰耶……

我不禁注視著他的臉頰，對克拉克大人疑惑地再度開口：

「唔唔唔……」

「蕾蒂？」

「不……」

「不？」

「不是惡夢，是我要羞死了啦——！」

「蕾蒂！」

看到我衝出房間，克拉克大人驚訝大呼。可是我不能停下來。因為……因為……為什麼事到如今會在夢中回想起那種事情啦！

我羞得摀住臉不停狂奔。

過一陣子，我才聽見背後傳來克拉克大人的聲音。他大喊著：「睡衣！蕾蒂希亞，妳的衣服！」

全新番外

克拉克稱呼的祕密

一般來說，似乎得稱呼王子大人「殿下」。

我在王城聽聞這件事情時，心裡想著：「那就早點告訴我啊。」仍笑容面對老師。

訂婚至今都過一年了，事到如今才說這件事？事到如今也太遲了吧？

「他說妳年紀還小，喊名字也沒關係，根本不當一回事。」

對著和我一起住在王都宅院的哥哥抱怨今天的事情後，哥哥如此回答我。

原來是這樣，大人要好好喊出殿下什麼的，但還只是個小孩子的我有辦法加上大人已經就很棒了啊？

「如果老師這樣說，那妳從明天開始喊殿下吧。」

哥哥似乎對我沒有興趣，眼睛盯著手上的文件看。

會不會太過分了？兄妹兩人離開父母身邊單獨一起住在這邊，他竟然這種態度！他難道沒有想要加深感情的意思嗎！

我氣得鼓脹臉頰，踩了坐在沙發上看文件的哥哥一腳。

「痛！」

「哼！哥哥是大笨蛋！」

「被妳說笨蛋可真是令我超級不高興！」

哥哥終於把文件放到桌上轉頭看我，我得意地微笑。

大概對這樣的我感到不悅，哥哥大喊：

「莉莉！過來！」

「啊，哥哥太卑鄙了！」

「少爺，您喊我嗎？」

「好快！」

哥哥一喊立刻跑過來的莉莉，明明很匆忙卻不見她氣息紊亂。

我偶爾懷疑莉莉該不會是機械人偶之類的吧。

哥哥看著莉莉。

「蕾蒂希亞踩我的腳，她還遠遠稱不上淑女呢。」

「哎呀。」

莉莉聽到哥哥說的話轉頭看我。我停下自己偷偷朝門口移動的腳步。

「才沒有，我只是不巧踩到他的腳而已！」

「別說謊！」

「莉莉，妳要相信我，好不好？」

我盡可能讓自己嬌小的身體看起來更小，雙手在胸前合掌拜託。

莉莉看看哥哥又看看我之後嘆氣。

「我明白了。」

我的表情瞬間燦爛起來。就是說啊，莉莉是我的侍女耶！

「小姐也請改掉您說謊時的壞習慣吧。」

我臉色瞬間發白，想從朝我逼近的莉莉逃脫而往後退，但立刻被逼到牆邊。

「莉莉，我、我沒有說謊……」

「不，莉莉很明白。」

「可、可能是哥哥在說謊！」

「不，莉莉早已看穿了。」

「莉莉……」

我的聲音中混雜著「拜託請放過我」的期望呼喊莉莉的名字，但現實總是無情。

莉莉輕而易舉就抓住我，狠狠地指導我直到她滿足為止。

◇◇◇

莉莉服侍我的時間明明比哥哥還要長，太過分了……

大概是對家主的忠誠心強烈，但我認為偏袒和她相處更久的我也不為過。而且我們家現在的家主還是父親耶。

哥哥和莉莉都不夠愛我。雖然不要求他們要像父親那般溺愛我，我覺得應該可以再多疼愛我一點才對。

然後如果可以因為愛我而讓我可以取消婚約就更好了。

……不，不可能吧。那個哥哥不可能讓我這麼做，絕對不可能。只要哥哥不會因為意外事故身亡，就絕對不可能發生這種事。

所以說，還是只能靠我自己想辦法了。

我嘆氣。

「蕾蒂希亞？」

——糟糕，我現在正在和王子喝下午茶！

「我似乎有點疲倦了，殿下，真的很不好意思。」

還混雜著「都是你們安排的老師的錯」的言外之意，我對自己在茶會中分心向王子道歉。我明明還不忘記附贈老師嚴厲指導出的千金笑容，克拉克殿下美麗的臉龐卻僵住了。

奇怪？我做了什麼不敬的行為嗎？

我只是稍微發呆了一下，應該不至於讓他作出這種反應吧？

可是如果讓他感到不快，我得道歉才行。因為這個人總有一天會成為這個國家最位高權重的人。如果讓他感到不悅，不知道哥哥會怎麼對付我。哥哥很恐怖。

「您為了我抽出寶貴的時間，我還讓您感到不愉快，請讓我向您道歉。殿下，真的非常不好意思。」

為了表達我的道歉誠意，我這次收起笑容低下頭。

我想著：「這樣應該夠了吧？」而抬起頭，克拉克大人的表情依然僵硬。不僅是臉，連身體姿勢也跟剛剛完全相同。拿著茶杯僵硬著姿勢不會很難過嗎？

我應該用更加迫切的感覺謝罪才好嗎？乾脆用哭的？

正當我煩惱該怎麼辦時，克拉克大人終於動了。彷彿生銹的鎧甲般，他動作生硬地把茶杯放回桌上。

「蕾、蕾蒂希亞？」

「是？」

「妳剛剛叫我……」

他說到這邊，我才終於想到。

「請讓我對我先前的無知致歉，我竟然親暱地稱呼您克拉克大人，真的太丟臉了。我今後不會再犯錯，會確實稱呼您為克拉克殿下。」

很好，現在正是千金笑容上場的時候！

我露出他剛剛沒看幾眼的笑容。為了看起來很優雅，訣竅就是不可以露牙齒。

然而克拉克大人再次如同生銹的鎧甲般動作僵硬地抓住我的肩膀。我現在要是對他說：「我們還沒有結婚，請別過度碰觸我。」他會不會生氣啊？應該會生氣吧。還是不要火上澆油好了。

「蕾、蕾蒂希亞……」

「是。」

「誰這樣對妳說的？」

需要特地向他交代是誰對我說的嗎？啊！他該不會以為有人故意找我麻煩吧？沒這回事喔。如果有人找我麻煩，我會加倍報復，所以別擔心。

「是王城的老師。」

所以我希望他可以放心。我明明想表達這個意思，克拉克殿下卻皺起眉頭，變得很不高興。美男子的不悅表情非常恐怖，我希望他別這樣。至少和我保持一點距離。

克拉克殿下清了清喉嚨後，接著露出滿臉笑容。他變臉變得超級快，這點也很恐怖。

「蕾蒂希亞。」

「是。」

雖然是無關緊要的事情，這個人一定要先喊對方的名字才開始說話嗎？

我思索著這種非常無所謂的事情邊回應，感覺他放在我肩膀上的手更加用力了。雖然不痛，但很恐怖。

「妳聽好了，我和妳是對等的，知道嗎？」

「咦？我們應該不對等……」

「是對等的。」

然而，我還沒說完，他就急著說我們是對等的。不對，不是這樣吧？你是王子，而且還預定是下一任國王，而我是公爵家的千金。雖然我的身分也很高，還是完全不同。

「蕾蒂希亞，妳和我會結婚。」

「是……」

我非常不願意，非常想推辭，但現在不能把這個說出口，總之只能應和他。

儘管克拉克大人對我平淡的回答有點不滿，仍舊繼續說：

「結婚之後，妳總有一天會成為王妃，妳明白嗎？國王和王妃是夫妻。」

這種事情不用特地說明我也知道。

雖然很想問他是不是把我當成蠢蛋，我忍耐且平淡地回應：「是……」

「夫妻是對等的。」

「是……」

「所以我和妳是對等的。」

……這會不會太強詞奪理啊？

我心不甘情不願地張開我老是冷淡回應的嘴巴說：

「那個……那是普通家庭。我認為再怎麼說，國王與王妃之間的地位也會有所差異。」

「國王與王妃是對等的。」

「不，我認為不是這樣……」

國王與王妃雖然也是夫妻，權力當然是國王首位，王妃次位。雖然權力次於國王，應該無法並排吧？責任也不同。

「是對等的。實際上父親與母親也用名字稱呼彼此。」

……是這樣嗎？

我試著回想見過好幾次面的國王陛下與王妃殿下是怎麼交談互動，卻完全想不起來，只記得王妃殿下的美貌。

「可是，我們還只是在訂婚階段，我認為喊殿下比較……」

「我們總有一天會結婚，所以妳喊我的名字就好了。」

「不可以，為了作為其他貴族與國民的榜樣，不能這樣敷衍了事。」
「我都說可以了，當然就可以吧？」
不知為何他非常堅持。為什麼呢？
而且最後一句話簡直就像暴君。是沒錯啦，你說可以的事情大部分都可以啦。
「不可以這樣……而且老師和哥哥會訓斥我……」
「我都說、可以、了。」
他還刻意分段清楚強調。
「可是……」
老實說我不太想要用太親暱的感覺呼喊他。我隱瞞這個真心話努力思考該怎麼樣才能讓我喊他殿下，但克拉克殿下露出非常燦爛的笑容說：
「我都說、可以、了。」
笑容中感覺到壓力。
在我們針對稱呼不停攻防時，我逐漸感到麻煩起來。
「……那麼，就請讓我如先前一般稱呼您為克拉克大人。」
「嗯，因為我和妳是對等的。」
不知為何，他特別強調對等這一點。

雖然我有各種疑問，不可以隨便開口問心情好轉的克拉克大人，於是我啜飲一口紅茶。

◇◇◇

「——就是這樣，我為了讓蕾蒂希亞喊我的名字，從那天起不停重複說我們是對等的，直至今日。」

「這樣啊——！想要讓她喊你的名字也太浪漫了吧——！」

我覺得一點也不浪漫，到底哪裡感覺到浪漫了？瑪莉亞的浪漫是什麼啊？

我正在和瑪莉亞還有布可愛喝下午茶，當話題講到我和克拉克大人對彼此的稱呼時，大大方方從暗門走進來的克拉克大人非常詳盡地對布可愛和瑪莉亞說明。

……老實說我根本記不太清楚，所以什麼也不能說。八歲發生的小事怎麼可能每件事都記得。

不過我也感覺克拉克大人確實不停地重複說我們是對等的，每次我都在心中反駁：「才不是對等的吧！」

話說回來，先別提這個了，拜託別如此自然地從暗門走進來，至少從普通的門進來啊！而且拜託別如此自然地混進我們的茶會中。

從他時機非常巧這點看來，只能推測他聽我們聊天聊一陣子後，伺機而動了吧。

「是喔？這樣啊？是喔？」

布可愛意味深遠地看著我。幹嘛？想說什麼啦？不，拜託什麼也別說！

「那她馬上就把稱呼改過來了嗎？」

「沒有，她有段時間很在乎周遭的目光都喊我殿下，所以我直接去找納提爾了。」

拜託別有困擾就去找我哥哥。為什麼要越過我去找哥哥呢？

現在這句話讓我想起來了。確實曾經發生過哥哥花了三小時不停地重複要我稱呼克拉克大人這件事。因為哥哥太纏人了，我那些許要用克拉克大人不喜歡的稱呼喊他的惡作劇心態也消失得一乾二淨。哥哥真的很煩。也就是說，他個性很討人厭。

「妳有那種哥哥真的很可憐耶……」

布可愛感慨甚深地說。

「想嫁給那種人的人才沒資格對我說這種話。」

「就算他是那種人，也是個有錢人。」

「錢！錢！錢！開口閉口都是錢！錢買不到愛！」

「只要有錢就能買到大部分的愛喔，妳在說什麼蠢話？」

「妳別在瑪莉亞面前說這種話啦！瑪莉亞，把耳朵摀上！」

我不想瑪莉亞聽到早已忘記純真的布可愛說的話，但瑪莉亞困惑地彎下眉毛。

「摀住耳朵就沒辦法工作了……別擔心，我也已經長大成人了！」

「我不想要瑪莉亞被玷汙。」

「妳為什麼如此過度保護她啊？」

「因為她很可愛啊！」

除此之外還有其他理由嗎？沒有。

布可愛一臉傻眼，瑪莉亞則很害羞。這樣害羞的表情也很可愛，撫慰了我的心靈。

「我覺得蕾蒂很可愛。」

「啊，沒關係，您不用這樣對我。」

「我都說過這麼多次了，妳還會臉紅，這一點也好可愛。」

「真的不用了，沒有關係。您可以回房了沒有關係。」

「冷淡的態度也好可愛。」

「您是不是覺得什麼都說好可愛就行了啊？」

我為了掩飾大概已經染紅的臉頰而激動地問，克拉克大人便對我微笑。

這是怎樣？這個笑容是什麼意思的回答啊？

「單身的我被放閃。」

「布莉安娜小姐別擔心！我也是單身！」
「妳不是有個可愛的王子嗎？妳才不是同伴。」
「我明明一直都在說王子跟我無關啊——！」
布可愛不開心地狂往嘴裡塞餅乾。她來找我時總是吃個不停呢。
瑪莉亞氣噗噗地替我們再倒一杯紅茶。被人說路易王子是她的對象，看來讓她很不高興的樣子。
「不過實際上稱呼殿下比較好——」
「蕾蒂？」
我還沒說完，就被克拉克大人打斷。
「我都說、可以、了。」
他又說了曾經說過的話，好恐怖。
「我今後也會繼續以克拉克大人來稱呼！」
「是啊，絕對不能喊殿下，我當上國王之後也不能喊我陛下。」
還不忘提醒我在他成為國王之後的稱呼，難不成被他發現我打算在他成為國王之後要以王妃身分喊他陛下了嗎？
我偷偷瞥了克拉克大人一眼，他便回我不知道在想什麼的笑容。

「竟然開始互相凝視，我是不是該回去了……」

「那麼請讓我送您離開。」

「等等等等等等，拜託妳留下來！」

我努力挽留打算要離開的布可愛，還追加餅乾。布可愛重新坐下，再次吃起餅乾來。

「要在我面前放閃，就替我介紹對象啊。妳都是王太子妃了，應該能用裙帶關係之類的要有錢貴族和我結婚吧？」

「不，我沒辦法輕易做出那種不法行為。」

「可惡，真是正經八百！我知道啦！早就知道了啦！」

布可愛拋棄禮儀一次把三片餅乾塞進嘴裡。

吃這麼多為什麼不會變胖……我還卡在牆壁裡耶……胸部……是養分全往胸部跑的類型嗎……太羨慕了……

我捏起比卡在牆壁裡那時消退不少，但比剛到王城時增長許多的側腹。好悲傷……

以後只要吃點心就去跑步吧。就這麼辦。

雖然覺得只要戒掉點心就好，王城的點心很好吃，我想吃。假如可以，我想要一直吃下去，所以戒掉點心是最後手段。

「蕾蒂希亞。」

克拉克大人端起瑪莉亞泡的紅茶移到嘴邊。

「接下來別加大人了吧。」

——饒了我吧。

後記

大家好，我是沢野いずみ。

非常感謝大家購買《我想蹺掉太子妃培訓》。

因為我非常想寫落跑的千金小姐與全力追捕的王子之間的故事，才試著寫下《我想蹺掉太子妃培訓》這個故事。

除此之外我想寫個愛情喜劇，不想讓內容太混亂，所以幾乎沒有灰暗的劇情，也沒有陰謀或面臨死亡的場面，就算女主角被綁架也沒遭受不當對待，是個相當和平的故事。

雖然還不到幕後故事的程度，我寫完大綱時，完全沒有蕾蒂希亞遭到綁架的橋段，只是不停地重複她從王城逃脫之後又被克拉克抓回來的情節。

原本只打算寫出這樣的故事，但我心中的主題是「落跑的千金與追捕的王子」，這樣感覺好像沒什麼真的逃脫感，可是克拉克的守備堅強如銅牆鐵壁，光靠蕾蒂希亞一人無法逃出王城！最後就決定讓不受克拉克控制的他國王子綁架蕾蒂希亞了。

其實我原本打算要讓路易王子變成克拉克的情敵，但難得作出瑪莉亞「容貌與蕾蒂希亞相仿」的設定，我想要活用這一點。除此之外，如果讓路易王子變成情敵，他最後沒辦法和蕾蒂希亞在一起也很可憐……我對路易王子產生這種母愛情愫，最後決定不讓他當情敵了。

順帶一提，萊爾的設定從一開始就沒什麼變化，我盡可能意識著路人甲的感覺來書寫。

因為是我第一次出版書籍，搞不清楚東西南北而吃盡苦頭，但總算得以成形了。

責任編輯給予什麼都不清楚的我諸多指導，我對他只有衷心的感謝。

請讓我借這個機會，向在本作品出版過程中盡一份心力的所有相關人員致上謝意，非常感謝大家。

從為數眾多的書籍之中選擇購買這本《我想蹺掉太子妃培訓》的讀者們，真的非常感謝大家。

二〇一九年三月吉日　沢野いずみ

王者的求婚 1~3 待續

Kadokawa Fantastic Novels

作者：橘公司　插畫：つなこ

瑠璃被安排了婚事，即將結婚？
無色潛入「女校」，想確認瑠璃的心意！

瑠璃被安排婚事，於是直接前往不夜城本家談判，卻回報了自己準備結婚的消息。無色變身成久遠崎彩禍，潛入由不夜城家一家之主擔任學園長的女校〈虛之方舟〉，想確認瑠璃真正的心意。為了破壞這樁婚事，哥哥不惜向妹妹——魔女不惜向騎士求婚！

各 **NT$240~250/HK$80~83**

【好消息】我的不起眼未婚妻在家有夠可愛。 1~7 待續

Kadokawa Fantastic Novels

作者：氷高悠　插畫：たん旦

情人節＆結花的生日將至，
我們也迎來了重大的「轉機」！

在同學們的推波助瀾下，結花在學校對我表白？我也要克服以往苦澀的回憶，往前邁進！結花作為「和泉結奈」有所成長，組成團體，發表新一屆「八個愛麗絲」。我和她之間笑容的軌跡終將開花結果！今後只要我們兩個在一起就沒問題！

各 NT$200~230/HK$67~77

一點都不想相親的我設下高門檻條件，結果同班同學成了婚約對象!? 1~6 待續

Kadokawa Fantastic Novels

作者：櫻木櫻　插畫：clear

戀愛觀的差異，使由弦和愛理沙之間產生隔閡——
假戲成真的甜蜜戀愛喜劇，獻上第六幕。

某天，愛理沙瞞著由弦，開始在他打工的餐廳工作。由於事發突然，由弦為此困惑不已，試圖詢問愛理沙打工的理由，但她堅持不肯透漏。正當他懷著複雜的心情之際，卻忽然被愛理沙塞了張電影票，趕出家門……

各 **NT$220~250/HK$73~83**

國家圖書館出版品預行編目資料

我想蹺掉太子妃培訓/沢野いずみ作 ; 林于楟譯. --
初版. -- 臺北市 : 臺灣角川股份有限公司, 2023.11-
冊 ; 公分. -- (Kadokawa fantastic novels)
譯自 : 妃教育から逃げたい私
ISBN 978-626-378-168-9(第1冊 : 平裝)

861.57 112015449

Kadokawa
Fantastic
Novels

我想蹺掉太子妃培訓 1

（原著名：妃教育から逃げたい私 1）

2023年11月15日　初版第1刷發行

作　者：沢野いずみ
插　畫：夢咲ミル
譯　者：林于楟

發行人：岩崎剛人
總編輯：蔡佩芬
編　輯：彭曉凡
美術設計：莊捷寧
印　務：李明修（主任）、張加恩（主任）、張凱棋

發行所：台灣角川股份有限公司
地　址：104台北市中山區松江路223號3樓
電　話：（02）2515-3000
傳　真：（02）2515-0033
網　址：www.kadokawa.com.tw
劃撥帳戶：台灣角川股份有限公司
劃撥帳號：19487412
法律顧問：有澤法律事務所
製　版：尚騰印刷事業有限公司
ISBN：978-626-378-168-9